日曜は憧れの国

円居　挽

JN251157

内気な中学二年生・千鶴は，母親の言いつけで四谷のカルチャーセンターの講座を受けることになる。退屈な日常が変わることを期待して料理教室に向かうと，明るく子供っぽい桃，ちゃっかりして現金な真紀，堅物な優等生の公子と出会う。四人は偶然にも同じ班となり，性格の違いからぎくしゃくしつつも，調理を進めていく。ところが，教室内で盗難事件が発生。顛末に納得がいかなかった四人は，真相を推理することに。性格も学校もばらばらな四人が，カルチャーセンターで遭遇する様々な事件の謎に挑む！　気鋭の著者が贈る，校外活動青春ミステリ。

日曜は憧れの国

円居　挽

創元推理文庫

SUNDAY QUARTET

by

Van Madoy

2016

目次

日曜は憧れの国

レフトオーバーズ

しかし何度考えても千鶴《ちづる》には解《わか》らない。盗難事件が起こったのに何故旗手《はたて》先生はあんな行動をとったのか……。

「余ってた食材……レフトオーバーズ……」

だが公子《きみこ》は突然目を輝かせて、桃《もも》の肩を叩く。

「レフトオーバーズだ！　先崎《せんざき》、お前は本当に着眼点がいいな」

＊

終礼直後、いきなり欠伸《あくび》が出てしまい、暮志田《くれしだ》千鶴は慌てて口を押さえた。

「寝不足？」

隣の席で帰り支度《じたく》をしていた級友が声をかけてきた。

「ううん。そういうわけじゃないんですけど」

「誰かの欠伸が移ったのかもね」

そんな級友の言葉に合わせるように千鶴は周囲を見渡してみた。しかし視界に入ってくるクラスメートたちの制服のネズミ色にまた欠伸が出そうになる。そう、グレーでも灰色でもなく、ネズミ色と呼ぶのがしっくり来る地味さなのだ。

「じゃあ、ごきげんよう」

千鶴は級友と校門の前で別れた。遠くからわざわざ通学している生徒も少なくない中、千鶴は倉瓜《くらうり》学園とほど近い番町《ばんちょう》から徒歩で通っていた。だから帰りはだいたい一人である。一人きりになるとまた欠伸が出てきた。それをなんとか噛み殺して、千鶴は歩き慣れた番町の坂を登っていく。

もう五月の下旬、草木はいよいよ青々とし、日差しもかなり暖かい。眠気を誘う陽気には違いないが、そんなものが欠伸の原因ではないと千鶴ははっきりと解っていた。

早い話が退屈……千鶴はたった一年余りで倉瓜での学園生活にすっかり飽きてしまっていたのだった。

千鶴の通う私立倉瓜学園中学校はカトリックの女子校で、上・中流家庭の子女が生徒のほとんどを占める、いわゆるお嬢様校だった。

規律にとても厳しく、生徒の個性を押し殺す校風ではあったが、お陰で校内の秩序は恐ろしいほど保たれている。

勿論《もちろん》、だからと言って生徒同士の摩擦やいざこざが一切ないかと言われたらそんなことはないが、少なくともいじめや不登校のような深刻な問題とは今のところ無縁であった。そんな校風のため、中学受験をさせてまで娘を倉瓜に入れたがる親は後を絶たない。

仲のいい友人がいないわけでもない。例えばさっきの級友だ。時々、土日に連れ立って遊びに行くこともある。ただ、繁華街《はんかがい》へ行く場合は制服と生徒手帳が必須だし、門限もあるので早く帰ることになる。まだ塾に通っていた小学生の頃の方が自由だった。

実のところ、千鶴は最初から倉瓜に入ろうと思っていたわけではない。本当は家から倉瓜よりも更に近い娘心館《じょうしんかん》学園に行ってみたかったのだ。

娘心館は有名大学の合格者数が多い進学校の上とても自由な校風で知られており、千鶴の憧れだった。それを諦めた大きな理由はお嬢様校である倉瓜に娘を入れたいという両親の圧力、そして倉瓜と娘心館の試験日程が被っていたせいだ。

単純な偏差値だけ見ても娘心館は倉瓜より数段上の学校だ。頑張って勉強しても通るかどうか解らない上、倉瓜を受験できないというのでは、娘心館の受験は小学生だった千鶴にも極めてリスキーな選択のように思われた。

今になって振り返ると、あの頃の千鶴は不安に負けて安全な倉瓜を選んだのだろう。勿論、合格の可能性という意味でもそうだったし、仮に自由な校風の娘心館に合格できたとしてもそこに自分の居場所があるかどうかも不安だったからだ。

千鶴は自分のことを引っ込み思案の事なかれ主義者だと思っている。その癖、決して退屈を愛せる性格でもない。ただ、千鶴自身はこのねじれが何に由来しているのか未《いま》だに解らずにいた。

ほどなくして自宅に辿《たど》り着く。千鶴が住んでいるのは番町の坂の上でも一際《ひときわ》綺麗なマンションだ。千鶴もまた、倉瓜の他の生徒の例に漏れず、裕福な家庭に生まれ育った者の一人なのだ。

「ただいま」

とりあえず帰ってすぐにうがいと手洗いを済ませる。

タオルで手を拭いていると、ふと鏡の中の自分と目が合った。そして同時にため息を吐《つ》く。

なんとも平凡な容姿だ。人の目につくほどの欠点はないけれど、誰かから積極的に好かれるほどの美点もない。まさに引っ込み思案の事なかれ主義者に相応《ふさわ》しい顔だ。

この性格のせいでこんな顔になったのか、それともこんな顔だからこの性格になったのか……考えたところで詮《せん》ないが、このままではきっと一生同じことに悩みながら同じような生活を過ごして終わるだろう。

洗面所を出て、リビングに向かう。憂鬱《ゆううつ》の種はまだ他にもあるのだ。

「おかえり。早かったわね」

母親の姫子《ひめこ》は読んでいたファッション誌を脇に置くと、千鶴を手招きする。

「ちょっとそこに座りなさい」

そんな風に言われて身構えない子供がいるだろうか。千鶴は嫌々ソファに腰を下ろした。

「この間の中間試験、よくなかったでしょ」

「え?」

正直なところ、千鶴の成績は特に良くもなければ悪くもない。常に学年平均ぐらいだ。科目の得手不得手《えてふえて》もないので周囲からは器用だと言われるが、千鶴自身はあまり嬉しく感じていない。

まあ、それはいい。問題は中間試験の結果を姫子に渡してからもう三日が経っているということだ。

「でも、ママ。校内偏差値はちょっとだけ上がったよ？」

「順位が前回から三つも落ちてるから悪くなってるわけでしょ。転校生が三人も来たというなら納得するけど」

そう言われてしまえば千鶴には反論しようがない。

しかし以前は順位が上がったと言ったら、反対に校内偏差値が下がったことを非難されたのだ。姫子の言ってることは間違ってはいないものの、なんだか釈然としない。

まあ、昔のことを持ち出しても姫子の機嫌が悪くなるのは解りきっている。だいたい、その手の都合の悪いことは絶対に憶えていないのだ。

せめて父親の亮介《りょうすけ》が姫子のそういうところを注意してくれればいいのだが、入《い》り婿《むこ》の亮介はあまり姫子に強く出られない。結果、姫子の横暴はいつまで経ってもそのままだ。きっと一生このままであろうことは容易に想像がつく。

千鶴は自分ももっと主張するべきなんだろうかとは一瞬思ったが、そんなことを思う時点で自己主張する才能がないのだと気がついて諦めた。

「そうそう、千鶴。今度の日曜、四谷文化《よつやぶんか》センターの特別料理教室に行ってきなさい」

「え?」

「ほら、駅前にあるでしょ。俗に言うカルチャーセンターってやつ?」

勿論、千鶴はそんな返事を期待していたのではない。

「トライアル5コースっていうのを申し込んだから、色々な講座を体験できるのよ。気に入らなかったら別の講座受ければいいし」

「どうして料理教室なの?」

「もう二年生なんだから、そろそろ自分のことは自分でできないと……って思ったらとりあえず料理かなって」

しかし当の姫子は料理が一切できない。それどころか家事全般が苦手で、通いの家政婦に全て丸投げしている。

「ママ……わたしが料理苦手なの知ってるでしょ?」

必死にそう訴えた千鶴に、姫子は事も無げにこう言い放った。

「だからよ。だって何か特技ぐらいないと恥ずかしいでしょ」


「何か特技ぐらいないと恥ずかしいでしょ」

四谷文化センターへの道すがら、ずっと姫子のその言葉が離れなかった。不愉快ではあったが、それ以上に図星でもあったからだ。

確かに人に誇れるような趣味や特技もないけど……だからって苦手な料理をやらせないでよ。

何かの罰ゲームみたい。

それでも千鶴が四谷文化センターに向かったのは、何かを期待してのことだった。別に人生を変えるほどの出会いとまでは言わない。たった一瞬でもいいから面白い体験をして……この退屈を消して欲しいのだ。

やがて四ツ谷《よや》駅前に到着する。駅のすぐ傍に立つ小綺麗なビルが四谷文化センターだった。入り口には『憧れの国へようこそ。あなたの憧れが未来への原動力です』とある。

憧れか。ではわたしみたいに大した憧れもない人間は未来に進めないのだろうか。

千鶴はそんなことを思いながら深呼吸をする。そしてビルに入り、受付に直行する。

「あの、十一時からの特別料理教室を受けに来たんですけど……」

「もしかしてトライアル5コースで申し込まれてますか？」

姫子が言ってたのは確かそんな名前だった筈《はず》だ。千鶴は五枚綴《つづ》りのチケットを差し出した。

「これですか？」

受付の女性はにっこりと笑う。

「はい。では、チケットを一枚いただきます」

女性はチケットを一枚だけ切り離し、残りを千鶴に返した。これがもう四枚しかなのかまだ四枚もなのかは解らないが、できれば前者であって欲しいと願った。それも全ては今日次第だ。

受付を終え、近くにあった待合用の椅子に腰を下ろすと、千鶴は貰《もら》ったプリントに目を通す。申し込んだのは母親なので、特別料理教室の詳細は知らないのだ。

だがプリントには授業を行う教室と班分けが書かれているだけだった。書かれている名前をざっと見た限り、受講者は全員女性のようだ。

それならいつもの学校生活とあまり変わらないではないか。

しかし千鶴は同時にほっとしていた。女子校に入ってまだ一年余りだったが、今更男性が沢《たく》山《さん》いる空間に戻れる気がしない。

そろそろ移動しようかと思っていた頃、小さな影が外から駆け込んできた。

「あの、あの、寝坊しました！　特別料理教室はどうやって……」

明らかに慌てた様子の声の主を受付の女性は優しくなだめる。

「大丈夫ですよ。まだ始まってませんから」

どうやらお仲間のようだ。髪が短くて七分丈のパンツをはいているから最初は男の子かと思ったが、その声は少女のものだ。倉瓜ではまず見かけることのないタイプだったせいか、気がつくのが遅れた。

おそらく外見からして中学二年……いや、一年か。なんとなく、まだ小学生の雰囲気が残っているような気がする。

「あちらの方も今日同じ講座を受けられますよ」

受付の女性がそんな風に千鶴を紹介しているのが聞こえて、びくりとした。一瞬逃げようかとも思ったがとうに手遅れ、彼女は砂漠でオアシスでも見つけたかのような目で千鶴の元へ駆け寄ってきた。

「あたし、桃……先崎桃。よろしくお願いします」

そして風圧を感じるほど勢いよく頭を下げる。まるで元気な小型犬みたいだ。

桃に千鶴が簡単に自己紹介をすると、桃は飛び跳ねながら喜んだ。

「あたしと同じ学年なんだ！」

「あ……そうなんですか。奇遇ですね」

まさか同じ中二同士とは。千鶴は驚きを顔に出さないようにしてそう答えた。

「というか、班も同じだ。よろしくね、チヅちゃん」

チヅちゃん？


目指す教室はビルの五階だ。二人は階段を上りながら他愛もない世間話をした。

桃は近所の公立四谷第一中学校に通っているそうだ。家は四谷より西と言っていたから、四谷の東側に住んでいる千鶴とは生活圏が微妙に違う。

「先崎さんはどうしてこちらに？」

「よく解んない。ばあちゃんが近所の人から貰ったチケットだから。でもどうせなら何か食べられた方がお得じゃん？　料理はあんまりやったことないけどね」

四人の班で料理に不慣れな人間が二人、雲行きが怪しくなってきた。

「お、ここだね」

桃が教室のドアをスライドさせるとまず視界に講師用の豪華な調理台が飛び込んできた。一体どんな機能があるのか見当もつかないが、とにかく高性能なのだろう。

そしてその後方には生徒用の調理台が六つ、2×3のおなじみの配置で並んでいた。

「凄《すご》いよチヅちゃん。調理台が1ー2ー2ー2のフォーメーション、学校と同じだよ！」

あの配置をそんな風に呼ぶ人間を初めて見た。

「えーと、わたしたちは一番後ろの方の調理台ね」

千鶴と桃が人を避《よ》けながら後ろの方を目指すと既に先客が調理台につながったテーブルに二人座っていた。

「あれ、もしかして同じ班の子？」

千鶴たちの視線に気がついて、声をかけてくれたのは広いおでこと赤いフレームの眼鏡《めがね》が印象的な、お調子者っぽい雰囲気の子だった。

「ウチは神原真紀《かんばらまき》。好きなものはお金。セール情報から商売の話まで、美味《おい》しい話があったら聞かせてヨ」

アクセントが特徴的な少女だった。いかにもちゃっかりしてそうだが、なんとなく頭の回転は良さそうな気がした。

千鶴が自己紹介をしながら更に観察した感じだと、真紀はさりげなくお洒落《しゃれ》で、いかにも都会の女の子という感じがする。でなければボーダーのカットソーとショートジーンズというシンプルなコーディネートが決まる筈《はず》もない。いや、千鶴も桃も都会の女の子の筈なのだが。

「あ、なんだ。マキちゃんも中二？　あたしたちと一緒だね」

「……あ、タメだったんだネ」

真紀もやはり意外そうだった。しかし桃は真紀の反応に気がついた様子もなく、もう一人の先客に声をかける。

「お姉さんは高校生？　あたしは先崎桃」

彼女はずっと本を読んでいたが、桃に声をかけられてようやくこちらに視線を寄越《よこ》した。その瞬間、千鶴は息が止まりそうになった。

綺麗に切り揃《そろ》えられた黒髪、座っていても解るスタイルの良さ、そしてやや男性的ではあるが整った顔立ち……おまけにブルーを基調としたその制服は例の娘心館のものだった。

「……三方《みかた》公子だ。よろしく」

千鶴の一つの理想を体現した存在がそこに座っていた。

「あの……暮志田、千鶴です」

つい声が震えた。

「クレシダ？　確かシェイクスピアの作品にそんなヒロインがいたな。なんにせよ……いい名前だ」

「どういう褒め方だヨ」

真紀が突っ込む。公子はしばらく何かを悩んでいたようだが、やがてこんなことを言った。

「……ちなみに私は高校生ではない。皆と同じ、中学二年生だ」

そんな衝撃的な告白の後に、公子はまた何事もなかったかのように文庫本をめくり始める。

そんな公子を見て、真紀は大袈裟《おおげさ》に肩をすくめて苦笑してみせる。

千鶴は既に厭《いや》な予感がしていた。

千鶴と桃よりも前から教室に着いていた筈なのに、真紀と公子は特に打ち解けた様子がない。これから一時間半一緒に過ごすのに、この雰囲気はマズい。何か共通の話題を探さないといけない。千鶴はそう考えて必死で頭の中を検索した。

そうだ、ドラマの話なら……。

だが千鶴がドラマの話を切り出そうとした瞬間、桃が口を開いた。

「みんな、マンガ読んでる？」

桃は皆の方を輝いた目で見つめていた。何かとても話したいことがあるのだろう。だが、真紀も公子も首を横に振った。

「ウチ、ゲーム派なんだヨ」

「すまんな。私は小説しか読まん」

「そっか……」

桃は二人の返事に落胆を隠そうともしなかった。

「……チヅちゃんは？」

「わたしの家はそういうの厳しくて……ドラマならいいんですけど」

「あたし、あんまりテレビ観ないからな」

この段階で千鶴は自分から話を切り出すのを諦めた。この分では真紀はともかく、桃と公子は駄目そうだ。誰かが仲間外れになったら意味がないのだから。いや、本当は公子ともっと話してみたいのだが。

誰が悪いというのではないが、なんだか噛み合わなそうな班だ。少なくとも四人全員で意気投合というふうにはならないだろう。

まあ、女子同士の難しさは学校でも慣れている。そして自分の自己主張の弱さがこういう時に最も活《い》きることを千鶴はよく知っていた。誰とでも無難に付き合えるので、誰かから目の敵《かたき》にされることはない。

しかし折角《せっかく》の日曜日、それも何か楽しいことを期待してやってきた料理教室で学校の延長みたいな真似はしたくない。

そんなことを思って少しブルーになっていると、赤いバンダナを巻いた若い男性が教室のドアを開け、食材を載せたカートをガラガラと運んできた。おそらく講師だろう。

ほどなく開始時刻を告げるチャイムが鳴り、男性は千鶴たちに語りかける。

「それでは皆さん揃われているみたいですし、始めましょうか」

男性は紺色のワイシャツにチノパンというスタイリッシュな恰好をしていた。そしてその上に黒いエプロンを着用する。

「本日の料理教室を担当する旗手優《ゆたか》です。よろしくお願いします」

見た目や物腰、雰囲気などをひっくるめて『おかあさんといっしょ』に出てくる「うたのおにいさん」みたいな人だなと千鶴は思った。

「班決めですが、今回はある程度世代を意識して固めてみました」

はっきりと「年齢」と言わないところに旗手の気遣いを感じた。

「これは私の持論なんですが、味覚にも世代差があると思うんですよね。ある世代にとっては薄い味が別の世代ではちょうど良かったり……勿論、好き嫌いは皆さんおありでしょうが、これなら折角協力して作った料理が絶望的に舌に合わないなんてことはないと思います」

言われてみれば最前の1班2班は四、五十代ぐらいの女性ばかりだ。3班は二、三十代混交で前の班よりはいささか若いぐらい、4班はおそらく大学生、5班はきっと高校生だと思う。

そう考えると千鶴たちのいる6班は最年少チームということになる。

「さて、今日は家庭でもポピュラーなメニュー、カレーがテーマです」

料理教室にしては随分と普通だ。まあ、千鶴のような本当の意味での料理初心者にはちょうど良いのだが……。

「おっと、皆さんの考えていることを当ててみましょうか。折角料理を習いに来たのにカレーなんて……違いますか？」

旗手が冗談めかしてそう言うと、色んな笑いが教室の中に広がった。

「ご安心を。ちゃんと面白い趣向を用意してます」

旗手は微笑《ほほえ》みながら、カートの食材を講師用の調理台に並べていく。

「今回は様々なお肉、野菜、お米、そしてカレールーを用意しました。例えばお肉はちょっといいものから面白いものまで揃ってますね。これなんか、結構美味しいですよ」

そう言って肉の塊の内の一つを指差す。しかし千鶴の目には他の肉との違いが解らなかった。

「先生、でもその良いお肉、何人前ですか?」

3班の主婦らしき若い女性がそう訊ねると、旗手はにこやかに応じる。

「いいところに気がつきましたね。そう、一つ一つの食材はこの教室の全員で分けるほどはないんですよ。せいぜい、一つの班で分け合えるぐらいでしょうか」

「それって、不公平じゃありませんの? どう見ても教室にいる全員分はありませんよね?」

1班のふくよかな女性がそんな不満を漏らした。自分の欲しい食材が他所《よそ》に取られないか心配しているのだろう。

「えー、皆さんはプロ野球のドラフトをご存じでしょうか。年に一回、シーズンが終わった後に新人を各球団で取り合うあれです。どなたも一度くらいはテレビでどこかの監督がガッツポーズしてるのを見たことがあるのではないでしょうか」

確かに千鶴もそれは見たことがあった。

「あれと同じことをこの食材たちでやりたいと思います。つまり皆さんには食材を指名していただきたい」

そう言って旗手はドラフトのルールを説明し始めた。

「……だいたいこんなところですかね。コツは他の班と被りそうな人気食材を敢《あ》えて外して指名すると、獲得できる可能性はぐっと上がります。勿論、あくまで人気食材を取るんだと強気に行くも良し。また安全策を取るも良し……けど、どうかご安心を。どんな食材を選んでも決してマズくはなりません。それはカレーと私の腕が保証します」

なるほど、材料選びそのものがもうレクリエーションになるというわけだ。

「面白そうだね！」

興奮した桃がテーブルに手をついて立ち上がっていた。

「燃えるんだよナー、こういうの」

真紀は腕組みして何事かを考えていた。きっとドラフトをどう有利に運ぶか考えているのだろう。

そんな二人を公子は何も言わずにあの涼やかな目で眺めている。

だが千鶴は見逃さなかった。公子の口の端が微《かす》かに上がっていたことを。公子もまたこの趣向を面白がっているのだろう。

「よーし、みんな。最高のカレーを作ろうね！」

そんな桃の言葉で、バラバラだった四人の心は一つになったと千鶴は思った。


「なんでこうなったのヨ……」

十分後、6班のテーブルはお通夜《つや》状態になっていた。

四人の前には牛顎《あご》肉、タイ米、タマネギ、男爵イモ、レンコン、そしてカレールーが並んでいた。

「ごめんなさい。普通のお米を取ろうと思ったんだけど負けちゃいました」

タイ米は指名で他の班と競合してはじゃんけんで負け続けた千鶴が取ってきたものだ。千鶴の見切りの悪さと勝負弱さが招いた結果だ。

「いいよ。タイ米なんて普段食べないもんネ。それはいいとして……」

真紀は男爵イモをつつく。

「男爵イモって……煮込み料理ならメークインだろ」

「えへへ、名前がカッコ良かったから」

そう嬉しそうに言ったのは取ってきた桃だ。

「そんな男子みたいなこと言って……いや、それもまあいいヨ」

そう言って真紀はレンコンと公子に視線を向ける。

「なんだよレンコンって。根菜は根菜だけどサ」

真紀にそんなことを言われて、公子はバツが悪そうにこう答えた。

「……ニンジンは苦手だ」

「好き嫌いかよー。ここは空気読んで普通の具取ろうヨ」

だが、そう言われては公子も黙ってはいない。

「神原も人のこと言えないだろう。最初からそんな硬そうな顎肉なんか指名して。結局、どことも競合しなかったじゃないか」

真紀は公子の反論に狼狽《うろた》える。

「それはいいんだヨ！　顎肉は玄人《くろうと》向けの食材なんだから……いや、食べたことないけどサ！」

「ほらほら、喧嘩《けんか》しない」

旗手が手をパンパン叩きながら6班のテーブルにやってきた。

「他の班はもう始めてるぞ。まあ、小麦粉とスパイスでカレールーを作るところからやってるところもあるから、そんなに慌てなくていいけど」

旗手は先ほどの他所行きの話し方とは打って変わって、至ってフレンドリーな調子で千鶴たちへ声をかけてきた。それでも中学生だからと馬鹿にされてるとは感じない。不思議な感じだ。

「先生、この食材と余った食材、交換しちゃ駄目かナ？」

ドラフトが終わった後、テーブルの上には食材がいくらか余っていた。真紀はそれを使いたいと言っているのだ。

「それじゃ、ドラフトした意味がないだろ。諦めて、これで料理するんだな。とりあえず担当を決めちゃえ。レシピのどの工程を自分がやりたいのか……あるいはやりたくないのか考えて各自立候補するといい」

千鶴は先ほど旗手が説明していたカレーのレシピを思い出していた。

まず鍋に油を引いて、タマネギを炒める。ある程度タマネギが炒まったら、今度は鍋に水と肉を入れて煮込む。その後一度火を止めてルーを入れ、ルーが溶けたら野菜を入れ、しばらく火を通したら完成……どれも基本的であまり失敗のしようのない手順ではあるが、それでも万一ということはあり得る。

千鶴は他の三人が立候補しないのを見てとると、急いで手を挙げた。

「わ、わたし……お米の係いいですか？」

煮る炒めるはともかく、包丁をロクに使えない身からすれば、切る係だけは絶対に避けたい。だが、米を炊《た》くぐらいなら流石《さすが》に大きく失敗しない筈だ。

「んー、いいんじゃない？」

真紀の言葉に他の二人も肯《うなず》いてみせる。千鶴はそのことに内心とても安堵《あんど》した。

桃が千鶴に続けとばかりに勢いよく申し出る。

「あたし、タマネギ！」

え、そういう単位で担当するの？

「だったら、ウチは肉にするけど、それでいい？」

公子は桃と真紀の申し出に肯いてみせる。

「構わん。では私が男爵イモとレンコンを切ればいいんだな」

役割分担は決まった。千鶴たちはエプロンを着け、すぐに支度に取りかかる。

「先生ー、この肉、人殺せる硬さの気がするんだけど、本当に玄人向けの食材ナノ？」

肉担当の真紀が旗手に声をかける。

「大袈裟だな」

旗手はそんな真紀の言い草に苦笑していた。

「硬い肉は確かに安いけど、味まで安いとは限らないんだぞ。軟らかくする工夫は必要だが、上手《うま》くやればコスパ抜群の食材になる」

「具体的には？」

「そうだな。正攻法としてはまず包丁を入れて丁寧《ていねい》にスジを切ることかな。焼き肉屋で歯応えのある肉を頼むと、肉に切れ込みが入ってたりするのはそういうことだ。

次に鍋で長く煮込む。それらしい用語で言うと加水分解ってやつだ。ただ肉は軟らかくなるし旨味も出るけど、普通の鍋で煮込んでたらタイムアップかな」

「……どっちも今やるには無理じゃないノ？」

「そうだな。あとは変化球だとパパイヤやパイナップルの酵素の力を借りるって手もある……あ、ごめんな。今日はその辺の果物ないや。まあ、頑張って包丁入れて少しでも長く煮込んだらいいんじゃない？」

「適当だネー」

内容はともかく、旗手の話は面白い。料理教室というのはもっと厳しいイメージがあったのだが、旗手が講師なら料理も楽しく学べそうだ。

「先生はプロなんですか？」

千鶴がそう訊くと、旗手は笑いながら答える。

「料理人としてはプロだけど、講師はまだ始めて半年ぐらいだよ。基本は週三コマだな。夜は夜で知り合いのレストランで働いてる」

「えー、どこの店。家族で今度行くヨ」

調子よく真紀がそんなことを言う。しかし旗手は首を横に振る。

「ハハ、それはイヤだな。キッチンに立ってるのは俺だけど、あれは俺の料理じゃなくて店の料理だからな。俺の店じゃないと俺の味じゃない」

「だったら先生が店開いたらウチら行くヨ」

「そりゃ悪いな。店はやってたんだけど、潰しちまって」

「あ、ごめん……」

真紀がバツの悪そうな表情で謝った。

「いやいや、謝んなくていいよ。それに今でも味に問題はなかったって思ってる。ただ、味以外がな……失敗してみないと解らないことも沢山あるって学んだよ。二足の草鞋《わらじ》履いてるのも、金貯めて再起するためだ」

「大変じゃないの？」

桃の質問に旗手は少し考えてからこう答える。

「まあ、傍《はた》から見れば大変かもしれないけどな、俺は意外と楽しんでるよ。仕事以外の時間は次の出店計画を詰めてるしな。いい仕入れ先を調べたり、出店するのにいい物件を探したり、スタッフの教育のこと考えたり……スポンサーになってくれそうな人と出会った時に出資してくれそうな出店計画を練ってるんだよ。まあ、今のところアテはないから自己資金をせっせと貯めてるんだけどな。店を潰したお陰で、パチンコも競馬も止《や》められたから時間はある。けど料理だけは止められないんだ。いつまで講師やってるかは解らないけど、一生料理の仕事はしてると思う」

その言葉は何の特技も持たない千鶴にとって重く響いた。

「センセ、そっちの班ばっかじゃなくてこっちにも教えてよ」

「全然解んなくて」

5班から声が上がる。言われてみれば確かに長く拘束しすぎたかもしれない。

「じゃ、またなんかあったら呼んで」

そう言い残して5班の方へ向かう旗手の背中を見ながら、千鶴は自分が身につけるべき特技について改めて考えていた。


なんとか米を研《と》ぎ終え、炊飯器にセットできた。

千鶴は炊飯ボタンを押し終えた瞬間、どっと疲れた気がした。たったこれだけのことでも千鶴には重労働なのだ。きっとそれは失敗した時、自分以外の誰かに迷惑をかけると感じているせいだろうが。

ダンダンダンダン……。

千鶴はその奇妙なリズムによって現実に引き戻された。包丁の音にしてはやけに強い。音のする方向を見れば、桃が一心不乱に包丁を動かしていた。だがその動きは少々変だ。

「先崎さん、何してるんですか?」

「みじん切り」

それは千鶴がいつかの家庭科の時間で教わったみじん切りではなく、どちらかと言えばタマネギの散乱した俎板《まないた》に包丁を振り下ろしているのに近かった。プリミティブなやり方ではあるが確実にタマネギの切片は小さくなっている。しかしその代償は余りにも大きく……。

「わっ、大変です！」

桃はほとんど目を開けていられないほど、涙を流していた。

「待って。もうちょっとで終わるから……」

そう言い張ってあくまで続けようとする桃に、公子は皮むきの手を止めて忠告する。

「……流石にそれ以上やると目が潰れるぞ」

真紀に至ってはとっくに俎板ごと待避している。ここは手の空《あ》いている千鶴が面倒を見る流れのようだ。

「ほら、一度包丁を止めて。目を洗いましょう?」

涙で目が見えない桃の代わりに蛇口を捻《ひね》って、背中をそっと押してやる。

「うう、ありがと……」

桃は水道水でゆっくりと涙とタマネギのエキスを洗い流していく。

「チヅちゃん、目が痛くなくなるまでタマネギ炒めて」

「え……はい」

まあ、炒めるぐらいなら失敗はないかなと引き受けた。

千鶴は鍋に油を引いて火にかけた。ほどよく温まったら炒め始めるつもりだった。

「うーん、やっぱり硬いよなあ……」

隣では顎肉を切り終えた真紀が肉をつつきながら悩んでいた。が、すぐに何かを思いついたような表情になると、タマネギのみじん切りの入ったボールに手を伸ばした。

「そのタマネギ、ちょっと頂戴」

「え、ええ?」

タマネギを両手ですくうと近くにあったボールに入れ、そこに切った肉を入れると混ぜ始めた。

「昔、連れていって貰ったレストランで、タマネギで軟らかくしたステーキを食べたことあるんだヨ」

「酵素で軟らかくなるってお話でした。タマネギにも酵素があるのでしょうか」

「と思うヨ。あ、どうせこのタマネギも後で一緒に煮るから心配しないでネ」

だったらこの炒める工程自体の意味が薄くなるのではと思ったが、敢えて口にはしなかった。

千鶴がタマネギを炒め始めると、復活した桃が交替に来た。

「チヅちゃん、お待たせ。よーし、飴《あめ》色タマネギを作るぞー」

そして桃は千鶴から菜箸《さいばし》を受け取ると真剣な表情で、鍋の中のタマネギを炒め始めた。

「あれ、皆さん、何をされているのでしょう?」

手が空《あ》いたので周囲を見回すと、他の班のメンバーが電子レンジの順番待ちをしていることに気がついた。電子レンジは教室の後ろに二台しかないので混雑しているようだ。

何をしているのかと目を凝らすと、どうも皆、ザク切りにしたタマネギを電子レンジにかけようとしているらしい。

「……ウチ、あれテレビで見たな。確か飴色タマネギを作る裏技だったような……」

ふと、桃の方を見たが、桃は一心不乱にタマネギを炒めているところだった。

「先崎さんには言わない方が良さそうですね」

しかしほどなく桃がタマネギを炒めるのに飽きたので、もう良いだろうと判断して鍋に肉とまぶされていたタマネギ、水を投入して加熱する。

キッチンタイマーをセットしたら、後はもうルーを入れる時間まで待つだけ、つまり雑談タイムの到来だ。

千鶴は真紀に気になっていたことを訊ねることにした。

「そういえば神原さんはどうしてこちらに？」

「模擬店の勉強サ」

意外な返事だった。

「ウチの学校ってさあ、毎年派手に学園祭やってんだ。生徒の家族は勿論、学園ＯＢ、ナンパ目当ての他校生、志望校を見学しに来た親子連れとかとにかくいっぱい人来るんだよね。だから模擬店やると結構な売上になるんだ。ま、やるなら料理の心得があった方がいいかなってサ」

模擬店のために料理教室に来るなんて発想は千鶴にはない。

「けど学校の模擬店っていくら売り上げても関係ないのではありませんか？」

少なくとも千鶴の学校ではそうだった。

「そうだよ。黒字分は学校が吸い上げる癖に、赤字分は自腹って舐《な》めた話じゃん？」

「それは確かにそうですが」

「学園祭ってさ、基本的に全て金券で払うような仕組みになってるじゃん。それをウチの店では現金でも可ってことにするの。しれっとね。なんなら現金払いは割引とかでもいいかも」

「え、でもそれっていけないのでは？」

「それ自体はどこの模擬店でも多かれ少なかれやってるヨ。受け取った現金は後で金券に変えるという建前でネ。お客さんにしてみれば、受付で金券買うのも模擬店に現金で払うのも違いはないわけだから。その現金がウチらの利益に変わるわけサ」

「しかし、実際の売上から誤魔化《ごまか》すにも限界がありますよね？」

仮に売上の半分が現金だったとしても、現金を全部隠したら確実にバレる。一割か二割抜いて誤魔化すことは可能だろうが、それだと大した儲《もう》けにはならないだろう。

「だったら、現金の代わりに金券で納めれば問題ないっショ？」

「え、でもその金券はどこから来るのですか？　まさか勝手に刷るわけじゃないでしょう？」

「偽造は難しいだろうネ。けど大丈夫。去年の学園祭、帰り際に金券を使い切れなくて捨ててるお客さん沢山見たからネ。それはつまり、後でいくらでも掻《か》き集められるってこと」

なんてことを思いつくのだ。

「金券とはいえ売上を全額納めるんだから、後で問題になるわけもない。帳尻さえ合ってれば上だってねちねち調べたりしないヨ」

「でも模擬店って先生が顧問になるのではありませんか?」

「もう既に教頭先生を説得して顧問にしたからね。その辺はぬかりないよ。教頭クラスだと現場には来ないから。このために一年かけて仲良くなったんだ」

本当に抜け目がないというか、同じ中二とは思えない。

「ちょっと、そこ私たちが次使うつもりで待ってたんですけど?」

突然、隣の5班の調理台から穏やかでない声が聞こえてきた。

「アンタたちは近いからいいじゃない。私たちの班、作業多いから忙しいの」

どうも3班の若い主婦と5班の女子高生たちで電子レンジの順番を巡って言い争っているようだ。

「あ、このトマト、少し頂戴」

「駄目です。湯剝《ゆむ》きするの大変だったんで」

「少しって言ってるでしょ。なんなのアンタたち」

ちょっと聞いているだけで千鶴はうんざりしてきた。

「馬鹿馬鹿しいな」

ようやく野菜を切り終えた公子がそんな言葉をこぼした。

「学園祭で小遣い稼ぎとはな」

てっきり3班と5班の諍《いさか》いのことを言ってるのかと思ったが違ったようだ。

「何が馬鹿馬鹿しいって?」

真紀が挑戦的に笑う。

「それが上手くいったとして、どれだけ抜けるつもりでいる？」

「んー、だいたいの計算で二万円弱かな。当日、現金で払ってくれる人がどれだけいるか解らないけどサ」

「模擬店を何人で回す計画かは知らないが、それでも一人頭数千円。学校にバレたら反省文では済まないだろうし、絶対割に合わんだろう」

「ほんのお小遣い稼ぎだヨ。何も他人《ひと》様の金を盗もうって言ってるわけじゃないんだ。本来受け取るべき対価を貰ってるだけ」

「しかし校則違反だろう？」

「売上報告の仕組みに穴があるんだから、売上に見合った金券さえ納めれば違反じゃないサ。システムにセキュリティホールがあるなら埋められる前に積極的に利用しなきゃ」

ちゃっかりしてて現金な性格の真紀と真面目《まじめ》でリアリストの公子では、見事に水と油だ。お互いに理解できないのだろう。

そんなことより、千鶴はこの場をどう収めようか必死で考えていた。確かに公子の言い分は正しいが、真紀の話が面白かったのもまた事実だ。しかし片方の肩を持てばもう一方から悪感情を抱かれる。千鶴はそれが厭だった。

「今の話、先崎さんはどう思います？」

千鶴は咄嗟《とっさ》に桃に水を向けた。桃がどちらの肩を持つかは解らないが、桃の反応を見てから千鶴がもう一方の肩を持てば、班としての雰囲気は保たれると思ったのだ。

「んー、マキちゃん凄いね。あたし、そういうの全然思いつかないから尊敬しちゃうな」

褒められた真紀は満更でもなさそうだ。

「けどミカちゃんもしっかりしてるよね。あたしだったら、何も考えずにやって怒られそう」

「……ミカちゃん？」

公子はその呼び名に引っかかったようだ。いや、確かにチヅちゃんマキちゃんと来て、キミちゃんではなくミカちゃんはおかしいのだが。

「ミカちゃん！　いやー、いいセンスしてるネ」

「なんで神原が笑ってるんだ」

話が脱線し出したところで、キッチンタイマーが鳴った。ちょうど煮込みが終わった合図だ。

「火止めるよ。ところであたしがカレールー入れていい？」

「いいけど焦げないようにかき混ぜるのもお願いするネ」

「私の切った野菜の出番だな」

にわかに慌ただしくなり、学園祭の話は有耶無耶《うやむや》になった感じだ。もう公子のフォローをする必要もなさそうだ。

それにしても凄いのは桃だ。上手いこと諍いを収めてしまった。今のを狙ってやったとは思わないが、桃にはムードメーカーとしての才能がある。

千鶴はそんな桃を少しだけ羨《うらや》ましいと思った。

「さて、どの班も完成したようですね。それではいきなり実食ではなく、ちょっとだけよそって試食してみて下さい」

旗手の許しが出たので、早速ご飯とカレーを軽くよそって食べ始めた。だが、皆何かを言うわけでもなく黙って口を動かしている。

全体的にソリッドというか、硬いのだ。みじん切りにして炒めたタマネギはともかく、肉も野菜も米まで硬い。

「……これ、なんか違うね」

そう言う桃は見ているこちらが哀しくなるくらい沈んだ顔をしていた。

「時間通りに煮た筈なんだけどな。かき混ぜが足りなかったかな?」

公子も浮かない顔でスプーンを口に運んでいた。

「まるで余り物をカレールーで煮込んだような仕上がりだ」

「……火の通りが悪かったんだヨ。ほら」

真紀のスプーンの上には大きな男爵イモの塊が載っていた。

「具がデカすぎたのサ。もうちょっと小さい方が良かった」

「悪かったな。包丁を使うのは苦手なんだ」

そう言うと公子はスプーンを置いて真紀に向き直った。

「しかし、それを言ったら肉を軟らかくするためにタマネギを持っていった方もどうかと思うぞ。まずタマネギの食感が二種類あるのが気持ち悪い。おまけにこの肉、全然軟らかくなってないぞ」

「……軟らかくなる筈だったんだヨ」

どうやらタマネギの酵素の効果はあまりなかったようだ。真紀の知恵も万能というわけではないらしい。

「ごめんなさい。わたしが選んだお米も悪かったですね」

千鶴はこのタイミングで詫《わ》びる。今が一番言いやすい。

「ん……まあ、食べられなくはないよ。野菜に比べたら」

「まだ言うか」

真紀と公子の小競り合いを見ながら、千鶴は安堵していた。この微妙なカレーの仕上がりの責任は全員にあるが、それでも自分の罪は一番軽いようだ。

ふと桃の方を見ると、桃は残りを詰め込むようにして食べ終えたところだった。そして、突然自分のスプーンと皿を洗い始めた。

「先崎さん？」

手早く食器を洗い終えた桃は、いきなり隣の5班の調理台に突撃した。

「ねえ、お姉さんたちのカレー、ちょっと頂戴？」

恐れを知らないとはこのことだ。千鶴には絶対に真似できそうにない。

女子高生たちはしばらく顔を見合わせていたが、やがて苦笑いとともに桃の皿にカレーをよそってやった。なんという結果オーライだろうか。

「んー、男爵イモがとろけてる。ニンジンも軟らかいし……これがカレーだよ」

その声を聴きながら真紀も公子も気まずい表情を浮かべている。

そこに旗手がやってきた。

「立ったまま食べるのはお行儀が悪いぞ。ま、あちこちで試食してる俺も言えた筋合いじゃないけど」

なるほど、各班のカレーの出来を確かめに回っているのか。

旗手は女子高生によそって貰った5班のカレーを口に運んだ。

「あ、うん……まあ、好みの範囲内かな」

食べたはいいが、どこか微妙な表情だ。

「先生、美味しくなかった?」

女子高生の一人が心配そうに訊ねた。

「いや。ただ、もっと美味しくできるなって。牛乳……いや、豆乳を入れてみよう」

旗手はレンジで温めた豆乳を鍋に注ぎ、混ぜる。

「凄い! まろやかになってる」

「ウチらが作ったのより美味しい」

「いやいや、その手前まで作ったのは君たちなんだからさ。もっと胸張っていいよ」

旗手はそんなことを5班のメンバーに言い終えると、今度はこちらの方を見てニヤリと笑う。

「な、料理ってちょっと知ってるだけで面白いだろ？」

そして意地悪そうな表情で6班に近づいてきた。

「さ、こちらのお味はどんなもんかな」

「いや、ウチの班はちょっとできあがりがアレでね……余り物料理のできそこないというか」

真紀が曖昧《あいまい》な表情で鍋の前に立つ。

しかし旗手はスプーン片手にこう嘯《うそぶ》いてみせた。

「大丈夫だ。レフトオーバーズを美味《うま》くできなくて何がプロだって話さ」

「レフトオーバーズ？」

「余り物のことを英語でそう言うんだよ。さ、味見させてくれ」


結論から言えば、旗手が手を加えたカレーは実に美味しかった。

まるで魔法のような技術だった。調味料を加え、少し温め直したくらいの筈なのだが、さっぱり思い出せない。また訊けば教えてくれるだろうけど、再現できるかと言われたら首を傾げるしかない。

特に桃がその味に感激していた。

「先生は料理界のブラックジャックだね！」

「いや、無免許の料理人はシャレにならないから……」

ドラフト形式で食材を選ばせカレーを作らせる。そしてその後、各班を回り、美味しければ褒め、微妙なら手を加えてやる……。

この一回で料理が上手くなるとは思わないが、また受けたくなるような講座だ。事実、千鶴

千鶴もまた受けてても良いかなという気になっていた。

ピピピピピ……。

突然、どこからかキッチンタイマーの音がした。それも千鶴のすぐ近くで。だが、先ほど調理で使ったタイマーはコンロの脇に置いてある。

「……下から音鳴ってない？」

真紀にそう言われてテーブルの下を覗《のぞ》くと、そこにはキッチンタイマーとピンク色の財布が一緒に落ちていた。

千鶴が財布を拾い上げると、キッチンタイマーもくっついてきた。タイマーの磁石が財布の金具にくっついているようだ。

千鶴がひとまず財布をテーブルの上に置こうとしたその瞬間、斜め向こうの調理台の若い主婦……さっき5班と揉めていた人がこちらを見て叫んだ。

「あっ！　私の財布……それ私の財布でしょ！」

主婦は席から立ち上がると、千鶴からひったくるように奪った。そしてすぐに中身を改める。

「……ない。お札がない！」

そう叫ぶと千鶴に摑みかかる。

「私のお金……三万円返してよ。この泥棒！」

千鶴は必死に抵抗する。

「わたし、盗《と》ってません！」

「それならなんでアンタが持ってるのよ！　適当なこと言ってないでお金返して謝りなさいよ！」

このまま本当に犯人にされてしまったらどうしよう。

学校では昔、消しゴムを万引きして停学になった先輩がいたという噂を聞いたことがある。消しゴムで停学なら、財布は……退学？

そう思った瞬間、千鶴はこんなことを口走っていた。

「お財布はこのテーブルの下に落ちてました。わたしはたまたま拾っただけで……」

千鶴がそう言うと、主婦は他の三人をぎろりと睨《にら》んだ。

「アンタたちもグルなんでしょ？　白状しなさいよ」

「……ウチら、今日初めて会ったんだヨ。学校も全員違うしサ」

「加えて言えば、私たちは料理を始めてから一度もこの調理台を離れていない」

真紀と公子が助け船を出してくれた。だが、主婦の怒りは解けなかった。

「だったら財布が勝手に転がってきたっていうの？　馬鹿にしないでよ！」

「馬鹿はどっちだヨ」

そう言ったのは真紀だった。

呆気《あっけ》に取られている様子の主婦に追い打ちをかけるように、真紀は3班のテーブルの脇にある丸椅子を指差すと、こう言い放った。

「あのサ、あれっておばさんのバッグでショ？　あんなにバッグの口大きく開けといて盗まれたとか、馬鹿じゃナイ？」

いかにも真紀らしい助け船だが、これでは火に油だ。

「アンタ、どこの学校よ。クレーム入れてやる！」

「先に警察呼んだ方がいいヨ。みんなを身体検査したら三万円見つかると思うヨ。まあ、ウチらが犯人じゃないことも解るから、その後で訴えるけどネ」

これはもう収拾がつかない。そう思って諦めた時、助けが来た。

「待って下さい！」

そう叫んで、間に入ったのは旗手だ。

「申し訳ありません。これは外部の不特定多数の方が参加されるイベントで貴重品の管理について注意を喚起しなかった私の責任です」

旗手はそう言って頭を深々と下げた。

「……これをどうぞ」

そして旗手は自分の財布から三万円を抜くと、彼女に差し出した。

「裸のままで悪いですが、受け取って下さい」

料理教室を終え、四谷文化センターを後にした四人は四ツ谷駅の近所にある外濠《そとぼり》公園にいた。

「……つまんないなー」

桃がベンチに体重を預けながらそう言った。

「料理教室のことですか?」

隣に座っている千鶴が訊ねると桃は首を横に振る。

「あれは良かったけど……泥棒扱いされたことだよ。チヅちゃん、悔しくないの?」

「え……確かに疑われたのは悔しいですが、一応終わったことですし」

「終わったけど、解決してないじゃん」

結局、あの女性は旗手から現金を受け取ることで納得して帰っていった。

最初、女性は固辞《こじ》していたのだが、旗手が説得したのだ。

仮に被害届を出しても、受理されるまで時間がかかり、今日の参加者への事情聴取はまた後日になる。しかしそうなったらもう証拠は隠滅済み、犯人が見つからないばかりか、事情聴取で参加者の貴重な時間が失われる、と。

それであの場は収まったわけだが、疑われた真紀たちは腹の虫がおさまらない。

「ったく、警察呼んだらこっちの勝ちだったのにサ」

「もうやめておけ」

ぼやく真紀を公子が諫《いさ》める。

「無理に決まってるだろう。それで一番ダメージを受けるのは旗手先生だ。自分の講座を守るために自腹を切った先生の考えを汲め」

「んー、でもサ。ミカの推理、やっぱりおかしいと思うヨ」

「どこがだ？」

「先生、既に三つ講座持ってるって言ってたよネ。じゃあ、割と人気のある先生なんだろ。だったらそんな一回の盗難事件でセンター側もクビにしたりしないヨ。それにミカ、カルチャーセンターの講師の報酬知ってんの？」

「知らないが」

「相場は三割から四割。参加費千五百円、今日は二十四人だから……三万六千円だ。ってことは一万八百円から一万四千四百円ぐらいの金額が先生の取り分だと思うヨ」

千鶴は感心した。本当に真紀は色んなことを知っている。まあ、普通に中学生をやる上では必要のない知識ではあるが。

「あれ……だったら先生、ただ働きどころか凄いマイナスだ！」

「ほら、桃だって解った。なんで再起のために頑張ってる先生がそんな意味のないことするんだヨ」

「……そうだな。確かに私の推理は誤っていたようだ」

「なんだ、案外素直じゃん。もっと反論してくるのかと思った」

「いや、お前のお陰で振り出しに戻ったからな。何故、旗手先生は金を出したのか」

そう言われて千鶴には閃《ひらめ》くものがあった。

「あの、旗手先生が犯人だったというのはどうでしょう？」

旗手を犯人呼ばわりするのは心苦しいが、ただ黙って聴いているのもなんだと思い、千鶴も推理に参加することにした。

「まず旗手先生はお金が欲しい立場です。しかも先生は各班の調理台を回っても全然怪しまれない。それで隙を見て財布を盗んでお金を抜いた後、疑いをわたしたちに向けるために6班のテーブルの下に財布を捨てた」

「キッチンタイマーを一緒に置いたのは？」

「わたしたちの誰かに拾わせたかったからだと思うんですが……駄目でしょうか？　勿論、本気で旗手先生を疑ってるわけではありませんが」

本当にただの思いつきだ。千鶴の頭ではこれが限界だったのだ。

「そういえばあのキッチンタイマーは3班のものだったようだな。他の班の調理台には全て揃っていた」

流石は公子、よく見ている。

「まあ、全部同じ規格だから入れ替わっても解らんだろうが……」

「けどチヅちゃん。旗手先生、あたしたちのところに来た時しゃがんだっけ？」

「しゃがまなくても財布とタイマーを床に置けさえすれば、足でなんとかこう……ううん、ごめんなさい」

これ以上粘れそうにないと見て、千鶴は自説を引っ込めた。

「自分で盗んだものの、上手く誤魔化せなかったから、盗んだ分をああやって返したのかなって思いまして……」

「そんなに恐縮することはない。実際、私たちはテーブルの下に注意を払っていなかったからな。足で送り込むことは充分に可能だろう」

「けどそれを言い出すと、犯人候補が他にも出てくるヨ。何人か電子レンジを使いに来てたからサ」

真紀の指摘はもっともだが、そう言われても今更誰が電子レンジを使いに来たかなんて思い出せそうにない。

「待てよ。誰かをかばったってのはどうかナ？　勿論、先生以外が犯人という前提だけど」

「どういうことマキちゃん？」

「報酬を投げ捨ててでもかばいたい人間がいたと考えてみたら面白いヨ。ほら、今日の生徒の誰かが先生の知り合いだったとしたら充分にありえるでショ？」

「けど知り合いでもそんなポンとお金なんて……」

千鶴はそこまで言って真紀の言わんとすることに気がついた。

「……恋人？」

「そういうこと。先生の彼女とか元カノ……あるいは不倫相手がいた可能性は否定できないよ。先生はその人をかばったんだヨ」

それは千鶴にもいかにもありえそうな可能性に思えた。

だが公子は真顔で首を横に振る。

「神原、それ自体は悪い発想とは思わないが……問題はもうそれを確かめる手段がないということだ」

「ん……まあ、そうだけどサ」

「確かめようのないことを立脚点に考えると間違いなくぼやけた推理になるぞ」

真紀もそれに同意したのか、それ以上何も言い返さなかった。

それから三分ほど、誰も口を開かなかった。どうやら袋小路に入ってしまったようだ。

千鶴がこれ以上推理が進まないなら解散かなと思った頃、桃がこんなことを口にした。

「ねえねえ。マキちゃんの言う通り、先生が犯人をかばったとして……かばうためにはその人が犯人だって解ってないといけないいんじゃないの？」

桃の言葉に真紀と公子は顔を見合わせる。

「……本当だな」

「私たちは根本的なことを見落としていた」

「あの……どういうこと？」

二人に千鶴は置いていかれそうな気がして、思わずそう口走っていた。

「つまりは先生だけが気づけたポイントがあったのではないかなと」

公子が説明している最中、真紀は突然スマートフォンを操作し始めた。メールだろうか。だが公子は特に気にした様子もなく、桃に話しかける。

「先崎、お前が食べた5班のカレー、どんな味だった？」

「ん？　普通のカレーだったよ。けど、ちょっとニンジンと男爵イモが軟らかすぎたかな」

もしかして、そういうことかもしれないのか。

「……暮志田、男爵イモとニンジンだけが微かに煮崩れているということは何を意味すると思う？」

「タマネギを炒める工程、お肉を煮込む工程は良かったけど、最後の男爵イモとニンジンを入れて加熱する工程で仕上げの時間をオーバーしたということです」

「多分、そうだ。では、何故仕上げの時間をオーバーしたのか……キッチンタイマーがなかったからだと思わないか？」

「きっとそうですね。つまりこういうことですか？　5班の女子高生たちはわたしたちに濡《ぬ》れ衣《ぎぬ》を着せるために、3班のあの女性から盗んだ財布と自分の班のキッチンタイマーを利用することを思いつきました。わたしたちのテーブルの下に財布とタイマーを蹴り込み、あとは隙を見て3班のキッチンタイマーを盗んで自分の班のものにしてしまえば疑われることもありません。でも思いついたのは男爵イモとニンジンを煮込む工程を始めた後でした。首尾良くやりとげたのはいいけれど、正確な煮込み時間が解らなくなったせいで時間を超過してしまい、煮すぎてしまいました、と」

スマートフォンにはストップウォッチのアプリもあるし、キッチンタイマーの代用になった筈だ。そうしなかったのは思いついた瞬間に行動を起こしたから……6班に隙のようなタイミングを発見したからかもしれない。

「やっぱりそうだ！」

　突然、そう叫ぶと真紀は三人にスマートフォンの画面を見せてきた。

「カレーの焦げの味を誤魔化すには豆乳がいいってネットに書いてあるヨ。ってことは先生は、焦げっぽい味を根拠に5班を疑ったんじゃないかナ」

　またしても5班犯人説が補強されていく。ただ、金銭的なことを抜きにしてもあの主婦への意趣返しとして盗んだという面は充分にありえそうな気がした。しかし千鶴にはまだまだ解らないことがある。

「まあ、先生が5班の人たちをかばったのだとしても、結局理由が解りませんよね。自腹切って見ず知らずの子たちを助けるなんて……」

「煮込みすぎだったことだけが根拠じゃ難しくない？」

「それなんだけどサ」

　真紀はそろりと手を挙げる。

「1班2班だけど、結構なお金持ちの人もいたんじゃないかナって気がしたんだ。なんとなくだけど。それでサ、もし今回のことで先生のことが気に入ったら……投資してくれたりするんじゃないかナ？」

「投資って具体的にどんなの？」

「ストレートなやつだと、お店を出すお金を提供するとか……もうちょい間接的なやつだと、テレビ局のお偉いさんの奥さんが先生を気に入って、料理番組に出すかもしれない」

それはまた随分と突飛《とっぴ》だ。

「勿論、それは極端な例としても……あのお金のありそうな奥さんたちが先生の授業を受けたいと思うことはありそうでショ。そこで高級な料理を作る教室を開けば、授業料も上がって取り分は増えるよネ。

もっと言ってしまえば、金持ちの奥さんたちの財布を当てにしなくても、あの事件で何人か先生に好意を持って講座を続けて申し込んでくれたらそれで結果オーライだって気がするんだよネ。そこまで考えて自腹を切った……どうかナ？」

悪くはない。けど、まだ何かがしっくり来なかった。

「つまりギャンブルをしたと言えるわけだが……それでも三万円は高すぎないか？　今日の報酬の二倍か三倍だぞ」

「……ミカは痛いとこ突いてくるネ」

弱った様子で頭を掻く真紀を助けようとしたのは桃だった。

「余ってた食材を持って帰って家で食べたら、少しは得するよね？」

千鶴は苦笑した。確かに食材はそこそこ余っていたが値段はたかが知れている筈だ。せいぜい千円程度だろう。

しかし何度考えても千鶴には解らない。盗難事件が起こったのに何故旗手先生はあんな行動をとったのか……。

「余ってた食材……レフトオーバーズ……」

だが公子は突然目を輝かせて、桃の肩を叩く。

「レフトオーバーズだ！　先崎、お前は本当に着眼点がいいな」

「褒められてるの？」

「勿論だとも。そうだ、何故そこに気がつかなかったんだ」

「そこって？」

「材料が余っていたことだ。事前に申し込みの受付をしておいて、どうして材料があんなに余っていたんだ？」

「あっ」

何故言われるまで気がつかなかったのだろう。そうだ、ドラフト終了直後に食材が余っているのはおかしいではないか。

「神原、料理教室の仕組みについて訊きたいことがある」

「ウチはカルチャーセンターの中の人じゃないぞ。なんだヨ？」

「材料費というのはどういう扱いなのか教えて欲しい。もしかして講師の報酬から差し引かれるのか？」

「ケースバイケースだと思うけど、流石に別枠じゃないかナ。今日の授業の場合、一人頭千五百円集めてたから……一人六百円ぐらいは材料費にしてると見ていいんじゃないかナ。特別授業だったから、ちょっと豪華にしてたのかもしれないし」

「そうか。やっぱりな」

「何一人で納得してるんだヨ」

「神原、お前がヒントを教えてくれたんだぞ。料理の最中にな」

「ウチ、なんか言った？」

「学園祭の模擬店の話だ。あれの要点はなんだ？」

「捨てられているものを上手いこと利用して儲けましょう……ああ、そういうこと！」

どうやら真紀も辿り着いたらしい。だが、千鶴には話がまだ見えない。

一方、千鶴と同じようにまだ解っていない桃はブツブツ言いながら何事か考えているようだった。

「……えーと、マキちゃんは捨てられてる金券を集めて、怒られないようにお金を稼ぐつもりだったよね……」

桃のその言葉で千鶴も答えを理解した。

「……他の授業で余った食材を寄せ集めて、今回の授業に回したんですね！」

「暮志田も解ったらしいな。そうだ、そうすると今回の材料費が丸々浮くんだ。仮に一人六百円として……ざっと一万四千四百円。今日の報酬と合わせれば被害額の三万円に近い」

「だからカレーだったのですか……」

どんな材料でも使えて、おまけに香辛料を使うから食材が多少傷《いた》んでいても大丈夫。余り物を処分するのにうってつけのメニューではないか。

「まあ、何にせよこれで打ち止めだな」

「え？」

「これ以上は確かめようがない。どうせ本人に訊いたところで答えてくれはしないだろうからな」

「旗手先生の動機だけは見当がついた……それでいいんじゃないかナ」

それはそうだ。いくら良い授業だったとはいえ、食材の使い回しは四谷文化センターへの裏切り行為だ。あのフランクな旗手であっても立場上認めるわけにはいかないだろう。

「わたし、少しがっかりしました」

要は金に困った料理教室の講師が材料費を丸々着服するために余り物の食材を使ったというひどい話だ。少なくとも千鶴は旗手のそんな面なんか知りたくはなかった。

「どんなに凄い特技があってもイコール幸せとは限らないのが人生のままならないところだな。だからこそ、どんな手を使っても料理にしがみつこうとしているのだろうが」

「むしろ旗手先生はキツい状況でもちゃんと頭を使ってるから偉いよ。だって普通に余り物を材料にしたら不審がる生徒も出てくる筈じゃん。だからこそのドラフト制度、アイデアの勝利だヨ」

「おまけに誰も特に不幸になってないもんねえ。あたし、あのカレーまた食べたいなあ」

千鶴は皆が旗手を悪く思っていないことに妙な居心地の悪さを覚えていた。確かに憎めない性格ではあるのだが、どうしてこんなにもそわそわするのだろう。

「っていうか証拠はウチらで食べちゃったしネ。上手いこと考えたもんだ」

「けど先生がある日突然テレビに出てたり、店を出したりしてたら、大正解ってことだよね?」

「あはは。桃、いくらなんでもそれは大穴を狙いすぎだよ」

「そうかな?」

真紀が笑いながら、桃を諭《さと》す。

「ただまあ……今日来てた人たちが何人も先生の講座に申し込んでたら、正解でいいんじゃないかナ。何人増えたら黒字とかそういう計算は抜きにしてネ」

そうだ。千鶴が旗手の評価に敏感になっていたのは、皆が自分のことを本当はどう思っているのか気になって仕方がないからだ。

そして実際、千鶴は彼女たちに軽蔑《けいべつ》されてもおかしくないことをした。

千鶴は今日まで自分のことを引っ込み思案の事なかれ主義者だとばかり思ってきた。それは間違っているわけではないが、千鶴のある一面に過ぎない。

退屈が嫌いな癖に自分から面白いことを何もせず、他人に期待してばかり。おまけに何も考えていない人間だと思われたくないから、アリバイ作りのように発言していたではないか。

今日、何度真紀や公子の前でもっともらしいことを言おうとしたのか、そのために何度桃の発言機会を奪ったのか……思い出すだけで恥ずかしい。

何より……あの主婦に疑われた時、千鶴は自分が助かることだけを考えていたではないか。

『わたし、盗ってません!』

『財布はこのテーブルの下に落ちてました。わたしはたまたま拾っただけで……』

あの状況で自分は犯人ではないと言い張るのは、つまり他の三人がどうなろうが知ったことではないと言っているのと同じだというのに……。

同じ……ああ、そうか。同じだったのだ。

なんのことはない、ベクトルが違うだけで自分も母親と同じく勝手なのだ。そして母親こそ自分のなれの果て、そんな確信があった。

自身の欲望から目を逸らしてきた自分に旗手を蔑《さげす》む資格などない。むしろ欲望をポジティブに肯定していた旗手の方がずっとまともだ。

「難しい顔してどうしたの、チヅちゃん？」

気づけば桃が顔を覗き込んでいた。

そういえば皆と予想外に仲良くなれたのは桃のお陰かもしれない。気軽に愛称で呼んだり、ムードメーカーになってくれたから……。

千鶴は慌てて笑顔を作る。

「いいえ、何でもありません」

三人が千鶴のあの言動を気にしてないのか、許してくれているのかは解らない。しかし少なくとも自分だけはもう自分の中の汚らしいエゴを知ってしまった。これからは自分のエゴとどう向き合っていくかを考えなければならない。

「そう？　だったらいいけど」

そして千鶴はおそらく生涯こんな感情とは無縁であろう桃に少しだけ嫉妬した。勿論、筋違いなのは承知の上で。

「さて、ウチはそろそろ帰るよ。ゲーセンに寄りたいんだ」

「私もお暇しようかな。本の続きも読みたいところだしな」

そうは言っても、特に連絡先を交換する気配はない。あっさりしている。まあ、下手《へた》をすれば今日限りの関係かもしれないのだから、おかしくはないのだけれど……。

千鶴がそう思っていると、桃が突然声を挙げた。

「あっ！　あれ……」

桃の指差した先を見ると、歩道の一角に例の女子高生たちがいた。そして一緒にいるのは……。

「旗手先生？」

千鶴が眼を凝《こ》らしてみると、驚いたことに彼女たちは旗手に対して頭を下げていた。おそらく謝罪しているのだろう。

「だよね、チヅちゃん」

旗手の方はどこか困ったような顔で彼女たちに声をかけていた。その姿からはもう頭を上げてくれという心が伝わってくる。

やがて旗手は何か封筒のようなものをポケットにしまうと、苦笑いしながらその場を立ち去った。

「……結局、ウチらの推理は正解だったってこと？」

「多分な。彼女たちは罪悪感に負け、旗手先生に盗んだ三万円を渡した……あるいは最初からただの意趣返しのつもりで、盗難事件にしようとは思ってなかったのかもしれない。例えば頃合いを見てバッグに三万円を放り込むつもりだったとかな」

思いがけない巡り合わせに千鶴の胸は少し躍った。千鶴一人だったらこんな推理に辿り着けなかっただろうし、その答え合わせにも出合えなかったに違いない。

全ては今日、この四人が揃っていたから……そんな気がするのだ。事実、今日学んだばかりではないか。余り物《レフトオーバーズ》は料理次第で美味しくなる……こんなバラバラな四人もたった一つの切っ掛けで仲良くなれた。

やっぱり彼女たちと今日でお別れというのは寂しい。また一緒に何かしたい。けど、この気持ちをどうやって伝えればいいんだろう。

「ねえ、また別の講座に一緒に行こうよ。まだチケット残ってるでしょ」

千鶴は思わず我が耳を疑った。桃が自分の心を代弁してくれたからだ。

「今日はちょっと厭なこともあったけどさ……それよりまたあそこでみんなと会いたいな。みんなはどう?」

「そりゃ、まあ……ネ」

「そうだな」

真紀も公子も肯く。つまり、あとは千鶴の意思次第ということだ。

チケットはもう四枚しかない。彼女たちとの関係が僅かな時間で終わるとしても、もう少し続けていたい。

「チヅちゃんはどう？」

桃からそう促されて、千鶴はようやく思いを自分の意志で口にした。

「……わたしも楽しかったです。また会えたら嬉しいですね」

一歩千金二歩厳禁

このままだとマズいかも……。

桃《もも》は今、四谷文化《よつやぶんか》センターの将棋教室で駒子《こまこ》との多面指しの真っ最中だった。

駒子は小学五年生ながら高校の将棋部員と対等に指せるほどの腕前だった。聞けばプロを目指しているという。多面指しというハンデは負っているが、普通に考えれば桃が勝っていいような相手ではない。

……どうにかズルをしよう。

桃は悩んだ末にその結論に辿《たど》り着いた。

現在盤面はお互いの陣地で王を狙っているところだ。まだ本格的に王手をかけたりかけられたりするほど煮詰まってはいないが、遠からずそうなるだろう。

自分の駒台を見ると金、銀、香車、それと歩《ふ》が三枚あった。この中でしれっと置いて目立たないのはやはり歩だろう。

そうだ、4七歩なら自陣の駒が多いから誤魔化《ごまか》せるかもしれない。そして駒子が4七歩を見落としてくれさえすれば……。

桃はちらと右隣の様子を窺《うかが》う。二つ向こうの席で駒子は公子《きみこ》と対局中だった。

多面指しは何人かまとめて相手をする時のやり方で、数手指して相手が思案処《どころ》に差しかかったら、また隣の将棋盤へ移動して……という風に進めていく。今日は真紀《まき》→公子→千鶴《ちづる》→桃という並びだったが、真紀が既に敗退しているのでもう三人だけだ。だが千鶴も公子もがっちり固める陣形を選んでおり、勝てないなりに戦おうという意思が窺える。

つまり次に桃の番が回ってくるまでそこそこ時間がありそうだ。

「そこに指したら、二歩ですよ」

黙々と指していた筈の駒子が突然そう言い放って、桃はビクッとなる。

「……ああ、本当だ。すまないな」

だが、公子が謝りながら手を引っ込めているのを見て腑《ふ》に落ちた。駒子は公子が二歩を指しそうになったのを制止したのだ。

二歩というのは自分の歩が置いてある縦の筋に追加で歩を指すことだが、これは将棋では禁じ手で、やってしまった瞬間に反則負けになる。勿論、本来は相手の指し手に口を挟むのはマナー違反なのだが、公子も気付いてなかったし、カジュアルな対局だから問題はないだろう。

そもそも相手が二歩をしようとしていることに気がつくのも実力差があってこそだ。

しかし今はその実力差が厄介だ。桃が事を終える前に駒子から指摘される可能性がある。どうやって駒子の目を逸らすか、まずそれが大きな課題になりそうだ。

駒子もどうにかしなければならないが、その前にズルをするにあたって障害になる目撃者をどうするか。既に負けた真紀や、席を移動することのある駒子はいつこちらを見てもおかしくはない。対局中の千鶴や公子はおそらく自分の盤面を睨《にら》んで考え込むとは思うのだが、勿論《もちろん》常にそうしている保証はない。

完全にこの四人の視線をどこかに逸らす方法はないかな……。

桃はよく考える。今座ってるのは幸いにして一番後ろのテーブルの、更に一番後ろの席なので、どうにか前の方に視線誘導ができれば良いのだが……。

桃が何気なく手を伸ばした湯飲みに口をつける。喉元をよく冷やされたお茶が通り過ぎていった瞬間、桃は解決策を思いついた。

……やるなら急がないと。

桃は湯飲みを置いて、すっと立ち上がる。すると隣で次の手を考えている最中だった千鶴が不思議そうな表情で桃にこう訊ねる。

「あら、どうしたのですか？」

桃は必死の形相を作って外の方を指差す。

「お手洗い？」

千鶴の言葉に桃は強く肯《うなず》いて、小走りに教室の外に飛び出していく。そしてトイレの前まで行くが、決して入ることはなかった。

そのまま腕時計を見る。まだ教室を出て三十秒といったところだろうから、あと二分ほど待ったら急いで戻ろう。

正直、トイレに行っておきたいと思わなくもなかったが、まだ我慢できないこともない。そして桃は手の中の氷をぎゅっと握りしめる。今のままだとちょっと大きすぎる。手の熱で溶けてくれればいいが、最悪都合のいい大きさに嚙み砕く必要も出てくるかもしれない。

やがて予定していた二分が過ぎた。桃は足早に教室の前に戻ると、静かにドアを開ける。幸い、みんな将棋に夢中で桃が入ってきたことに気がついていない。桃はそろりと進入すると、入り口のすぐそばにあるテーブルに近づいた。

この教室は何故か前回の料理教室と同じ部屋だった。調理台にくっついたテーブルで将棋を指すというのも何か変な感じがするが、おそらく教室がそこしか空いていなかったのだろう。講師用の大きな調理台と生徒用のテーブルのついた調理台六つが1―2―2のフォーメーションで並んでいる。その生徒用のテーブルの内、入り口に一番近いテーブルに生徒は座っておらず、様々な物品が置かれている。ほうじ茶の入ったヤカン、包装を解かれた菓子類、そしてプラスチックの湯飲みが重ねられているアルミの大きなトレイ……。

桃は講師用の調理台に出しっぱなしになっていた将棋盤に手を伸ばすと、まず飛車と角を右手に握り込んだ。

そして再び入り口に一番近い生徒用のテーブルの前に戻ってトレイを手前にずらすと、トレイの端があった場所に飛車と角をやや離して置く。溶けた氷で濡れた手で触れたお陰で、駒がテーブルに張り付いたのはラッキーだった。

桃は駒がズレないことを触って確認すると、ゆっくりとトレイを載せる。真横から見るとまるでテーブルとトレイの間に楔《くさび》を打ち込んだような状態になっている筈《はず》だ。現時点でトレイは多少傾いてはいるが、それですぐに湯飲みが崩れるという感じはない。

桃はトレイの手前側を傾きがなくなる程度に少し浮かせると、その下に平べったくなった氷を置いた。

これでトレイは二枚の将棋の駒と一つの氷によって、三点で支えられていることになる。誰かが真横から見れば微《かす》かにトレイが浮いていることに気がつくだろうが、おそらく大丈夫だろう。

桃は周囲を窺うが、面白い勝負をやっている班が多いせいか誰もこちらを見ている気配はない。一番危険だったこの作業を誰にも見咎《みとが》められずに終えられたようだ。

ならば後は簡単だ。桃はトレイから湯飲みを選ぶフリをして、テーブルの端側に湯飲みを固めて積んでいく。そして作業を済ませた桃は湯飲みの一つを取るとヤカンからほうじ茶を注いだ。これで作業の途中から見られていたとしても、単にお茶を貰《もら》いに来た生徒にしか見えないだろう。

桃が湯飲みを持って自分のテーブルに戻ろうとすると観戦中の真紀に声をかけられた。

「おかえり。随分慌ててたネ?」

「うん。もしトイレに行ってる間にあたしの番が来てたら申し訳ないって思ったらつい」

「だからってサ、何も言わずに出てかなくてもいいじゃない。そそっかしいんだから」

「まだ大丈夫?」

「うん。今、千鶴の番になって少し経ったところ。まあ、じきに交替かな」

真紀は桃の湯飲みを見て、腰を浮かす気配を覗《のぞ》かせた。

「ウチもお茶飲もうかナ」

真紀の言葉に桃は狼狽《ろうばい》する。今、真紀に行かれては工作がバレる可能性がある。

桃は慌てて、咄嗟《とっさ》に真紀の前に湯飲みを置いた。

「お茶飲む？」

真紀は怪訝《けげん》そうな表情で桃を見つめる。

「それは嬉しいけど、桃は？」

「念のために持ってきたけど、あたしのお茶はまだ残ってるから」

そして桃は自分の席にすぐ戻ると、さっき使っていた湯飲みを取り上げて真紀に見せる。

「ほら、ね」

するど真紀は納得したように肯いた。

「ふーん。じゃあ、貰おうかナ」

そう言って真紀は湯飲みを手に取ると、また千鶴と駒子の勝負を観戦し始めた。桃は安堵《あんど》する。

さて、ここまでは悪くない。あとは氷の溶けるタイミング次第だが、これぱかりは桃にはどうにもできない。

桃があのテーブルのトレイに仕掛けたのは一種の時限装置だ。支えの一つになっている氷が溶ければトレイはバランスを徐々に失う。そして残りの二つの支えである駒は平らではなく、傾きがついているため、やがてバランスを失ったトレイは駒の斜面をズルリと滑り落ちることになる。まあ、ちょっとガタンとなる程度だろうが積んでおいた湯飲みを崩すには充分だ。きっと湯飲みは床に落ち、盛大な音を立てるだろう。

その音で教室中の人間が反射的に入り口の方を見た隙に、４七歩を置いてしまおうというわけだ。

支えに使った氷には大した厚みはなく、おまけに氷には圧力をかけるとより早く溶ける性質がある。トレイと湯飲みの重さでそう遠からず溶けるとは思うのだが、実験をしたわけではないのでタイミングは計れない。

お願い。上手《うま》いこと溶けて……。

桃としてはできれば駒子と指している間に仕掛けが作動することが望ましいのだ。

桃の企んでいる４七歩だが、できれば駒子の記憶違い、見間違いということで誤魔化したい。そのためには駒子が席を外している間に駒を置いたように思われてはいけないわけで、盤面におかしなところがないということを駒子自身の目で確認させておきたい。

本当は対局を再開して桃が最初の手を指す直前が望ましいが、果たしてそう上手くいくだろうか。

祈るような思いで隣の千鶴の方を窺うと、千鶴はちょうど長考を申し出るところだった。

「ちょっと考えます」

駒子がもう来てしまう。そろそろ溶けてくれないと困る。

「解《わか》りました。ではまた」

駒子はそう言って千鶴に軽く頭を下げると、桃の前の席に腰を下ろす。

「大丈夫ですか？」

指し番は桃からだが、まだ理想のタイミングではない。桃は自分の指し番までの時間を引き延ばしにかかる。

「実はね……」

「どうしたんですか？」

真面目《まじめ》な表情で桃の言葉に耳を傾ける駒子を見て若干良心が咎めたが、今更後戻りはできない。

だから早く、溶けて！

「……なんかねえ、逆転の手を思いついた気がするんだよ。覚悟しててよ」

内容のない、桃の精一杯の時間稼ぎに対して駒子はニコリと笑う。

「楽しみです」

だが駒子がそう答えた瞬間、教室の入り口の方で湯飲みが落ちる大きな音がした。音から判断するに、どうやらトレイも一緒に落ちてしまったようだが、まあ計画に支障はない。

皆の視線が教室の入り口の方を向いているのを一瞬で確認すると、桃は駒台に手を伸ばす……。

こうしてこの局を終わらせる原因となった４七歩は誰にも目撃されることなく、呆気《あっけ》ないほど深く突き刺さった。

＊

「ただいま」

先崎《せんざき》桃はそう言うと玄関にカバンを投げ出し、小走りで台所へ急いだ。

「お母さん、ただいま」

「騒がしいねえ。おかえり」

母親の房江《ふさえ》は夕飯の支度《したく》をしているところだったが、手を拭いて桃に向き直る。

「……どうしたの？」

いつまでも何も言わずにただじっと房江を眺めている桃を見て、房江は何かを察したらしい。

「あのお母さん、お小遣い……の前借り頼めないかな？」

房江が訝《いぶか》しげな視線を投げかけてきたので、桃は慌ててゴールの修正を図る。前借りでも、財布が寒いよりはマシだ。

「何に使ったの？」

「今日、ミッコとちょっとコーヒー飲んだんだ」

房江は大袈裟《おおげさ》に顔を顰《しか》める。

「もう、アンタはどうして考えなしにお金使うの！　これで何度目？」

「解ってるってば……そんなに怒鳴らなくてもいいじゃん」

「さ来年はもう高校受験なのよ？　少しは計画的に生きて貰わないと」

駄目だ。完全にスイッチが入ってしまった。

「小五の時に塾に行かせた時もそう。あの時、ちゃんと勉強させとけば良かった！」

それを言われては仕方がない。桃は房江に通わされた塾を自ら「やめたい」と言ってたった四ヶ月でやめてしまったからだ。

「あんまり先のこと考えられないところ、お父さんに似たのかしら」

桃の父親の竹雄《たけお》は大手メーカーに勤務している。竹雄が大学生の頃は空前の好景気で、会社もとても人気があったそうだ。だからその会社に内定が決まった時、竹雄は区役所に決まりそうだったのに、わざわざそれを蹴ったらしい。

しかし好景気が終わると会社の人気にも翳《かげ》りが見え始め、徐々に往時の勢いを失っていった。そして不景気の今、竹雄は迫るリストラの恐怖と闘いながら、短中期の海外出張でよく家を空《あ》けている。お陰で今となってはたまの週末に顔を見られたらいい方だ。

給料も当然のようにジワジワと下がっているようで、ここ数年母親の愚痴《ぐち》が止まったためしはない。

「あの時、お父さんが公務員になってたらねえ。目先の給料につられるから」

しかしそれを言うなら大手メーカーの肩書きに目が眩《くら》んで竹雄と結ばれた房江だって同罪だ。

竹雄の判断ミスばかり言い立てるのはフェアではない。

「けどさ、お母さん。この不景気ってあたしが生まれる前から続いているんだよね？　だったら景気が良い方がおかしいって思わなかったの？」

少なくとも桃にしてみれば好景気がいつまでも続く前提で生きることの方がおかしいのだが、当然のように房江は烈火の如く怒った。

「屁理屈を言うんじゃないの！　夕飯抜きにするよ」

うっかり逆鱗《げきりん》に触れてしまった。これはもう前借りどころではない。

桃はため息を吐《つ》くと、キッチンからすごすごと退散した。

……駄菓子屋の方が安く済んだかな？　けど、慰《なぐさ》めるにも雰囲気ってものがあるし。

桃がそんなことを反省しながら廊下を歩くと、足の裏で床板がギシギシと厭《いや》な音を立てた。

桃は肝を冷やし、心持ち体重をかけないようにして歩く。

この家もだいぶガタが来ている。馴染《なじ》みの大工によれば数年以内にリフォームをしなければ家のあちこちが少しずつ壊れていく可能性があるという。

しかし先崎家の家計からして、まとまった額の出費は簡単には捻出できない。小遣いが多くない上に、老朽化した家への気遣いまでしないといけないとなると、なかなかに息苦しい。

まあ、ライフラインが停まったことはないので、その点ではまだ恵まれていると言える。家計に余裕がないだけで、困窮にはまだほど遠い。もっとも竹雄がリストラされたら解らないが……。

房江は計画的に生きろとは言うが、桃には房江がそこまで計画的とはあまり思えない。例えばもし塾をやめずに真面目に中学受験をしていれば、公立の四谷第一中学校ではなく、今頃は千鶴や真紀、公子たちの同級生になっていたかもしれない。けど私立中学というのは学費が高いと相場が決まっている。そうしていたら今よりもっと家計は逼迫《ひっぱく》していただろう。そのことを房江はどこまで解っているのだろうか……。

まあ、それを口にしたところで房江に怒られるのは解りきっていたので訊ねないが。

桃に見えるのはいつだって少し先のことだけだ。先の先、更にその先なんて見える気がしない。大きくなったら見えるようになるのかと思っていたが、どうも違うらしいということは両親を見て解った。自分が計画的な性格でないのは両親譲りだと思って諦めている。

それにしても場当たり的に行動して怒られ、たまに先のことを考えて行動しても怒られでは厭になる。

突然、居間の襖《ふすま》が開いて、祖母の松《まつ》が顔を出した。

「おかえり桃」

「ばあちゃん、ただいま」

桃は厭な気持ちを忘れ、居間に飛び込んだ。そして畳の跡がつくのも構わずにちゃぶ台の前に座り込む。

「お茶いるかい？」

「うん」

松は急須《きゅうす》に茶葉を入れ始める。桃はこの優しい祖母のことが好きだった。

「そういえばカルチャーセンターはどうだい？」

「とっても楽しかったよ。新しく仲良くなった子たちもいるし、次の日曜にまた別の講座で会うんだ」

「まあ、そうかい。それで次は何をするんだい？」

桃はにっこりと笑って答える。

「将棋」

「ああ、昔はようおじいさんとやっとったねえ」

三年前に亡くなった祖父が将棋好きだったというのもあって、桃は祖父とよく将棋を指した。

「はい、お茶」

「ありがとう」

桃は松から湯飲みを受け取る。同じ茶葉でも松が淹《い》れると味が違うのだ。

「ああ、やっぱりコーヒーよりもばあちゃんの淹れたお茶だよ」

「ありがとう。けど、桃はコーヒー苦手だろ？　だったらどうしてわざわざお小遣い使ってまで飲んだんだい？」

「一応、内緒だよ」

「はいはい、言わないよ」

「……友達のミッコがね、失恋したんだって。それで話聴いてあげようと思って、ミッコに付き合ってコーヒーを飲んだんだ。けど、せめてカフェオレにしとくんだったな」

失恋で落ち込む友人を慰めることができたのだ。お陰であと十日ほど無一文で過ごす羽目《はめ》にはなったが、どうせ直近《ちょっきん》に買わなくてはいけないものはないし、まあ何とかなるだろう。

「桃が元気に育っているお陰でおばあちゃんたちは明るい気持ちで過ごせるんだ」

そう言うと、松は服のポケットから折りたたんだ千円札を出して、桃に差し出す。

「お小遣いをあげよう。お友達と楽しんでおいで」

桃は慌てて首を振る。昔は祖母からのお小遣いが嬉しかったものだが、今はもう無邪気に受け取れない。

「いいよ。次の日曜はなんとかするし」

日曜にお金を浮かす方法は既に考えてある。あとで皆に打診するつもりだ。

「だからばあちゃん。お弁当の作り方、教えて」

*

早く!

神原《かんばら》真紀は最後の一人が揃《そろ》うのを落ち着きなく待っていた。

「おはよう」

日曜の九時四十分、四谷文化センターのロビーに一番遅くやってきたのは三方《みかた》公子だった。

休日でも相変わらず娘心館《じょうしんかん》の制服で現れるあたりが厭味だ。本人にその自覚がないにせよ。

「重役出勤スなあ」

真紀がからかうと公子は眉を顰《ひそ》めた。

「うるさいぞ。将棋のルールを確認してたら遅れただけだ……」

「んー、お弁当忘れてなーい？」

「当たり前だ。そう言うお前はどうなんだ？」

「ウチは持ってきてるよ。桃はどうか解らないけどネ」

今日の将棋教室は十時から十二時まで。しかしそれで解散するのは味気《あじけ》ないと、桃が各自弁当を持ち寄ってランチにしようと提案してきたのだ。丁度、料理教室で自炊への意識が高まっていたこともあり、皆快く了解した。

「もう、ひどいなマキちゃん。言い出したあたしが忘れるわけないでしょ」

桃は飲んでいた水筒のカップを脇によけると、弁当箱を高々と掲げる。

「わたしも作ってきましたけど、やっぱり料理って難しいですね。みんな上手だったらどうしよう」

暮志田《くれしだ》千鶴も恥ずかしそうに弁当箱をカバンから覗かせる。

「それはそうと、まさか神原が将棋講座を指定してくるとは意外だったな」

「ウチ、ちょっと強いからネ」

財布から『二段』のカードを取り出す。全国のゲームセンターで絶賛稼働中の『将棋倶楽部《くらぶ》

21』の認定カードだ。

「通ってるゲーセンではちょっとしたプレイヤーなんだヨ」

真紀が自慢すると、桃はカップによく冷えていそうなお茶を注ぎながらこう訊ねる。

「マキちゃん、講師の先生にも勝てる？」

「いやあ……それはどうかなあ……」

公子がニヤリと笑う。弱点を見つけたという顔をしていた。

「歯切れが悪いぞ神原。さっきの威勢はどうした？」

「二段って言ってもゲーム内部の段位だし、フルで指してるわけじゃないからサ」

「誰かが代わりに指してるのか？」

真紀はカバンからカードファイルを取り出す。中には実在の棋士が印刷されたカードが詰まっている。

「一プレイごとにカードが貰えるの。この棋士たちがウチの代わりに指すんだヨ」

各棋士ごとに固有の人工知能が設定されており、ここぞの局面で出すと真紀に代わって何手か指してくれる。場合によってはそのまま勝ってくれることもあり、それがなかなかに快感なのだ。

「要はプレイすればカードが集まり、カードが集まればより強くなる、というわけか」

一プレイ二百円と少々高めなのが玉に瑕《きず》だが、筐体《きょうたい》の回転率を考えたら三百円取ってもおかしくないだけに文句は言えない。

当然、色んな棋士のカードがあり、性能もピンキリだ。ちなみに真紀が今一番欲しいカードは『七冠王　羽生善治《はぶよしはる》』。巷《ちまた》ではプレミアがついているという。

「それってつまり……お金を使った分だけ強くなれるってことですか？」

千鶴が身も蓋もないことを口にする。おっとりしてるように見えて、実はこの中で一番腹黒いのではないか？

「ま、まあ、段位が上がれば使えるカードの枚数も増えるけど、一番長く指すのはプレイヤーだから、結局ウチ自身が強くならないと駄目なんだよネ」

「それで将棋講座なんだねー」

桃がお茶を啜《すす》りながら興味津々という表情でカードファイルに視線を向ける。

「桃も始める？」

真紀の提案に桃は一瞬眼を輝かせたが、すぐにかぶりを振った。

「……あー、あたしはいいや。お金なくなっちゃうし」

真紀はそこで不用意なことを言ってしまったと反省する。家の経済状態はそれぞれだ。自分の感覚を押しつけると関係に余計なヒビが入りかねない。

そういえば桃が弁当持参を提案したのはもしかすると懐《ふところ》事情が苦しくてのことかもしれない。今後はその辺も気をつけよう。

「先崎、違ったら悪いんだが、もしかして小学校の頃に油井《あぶらい》ゼミナールにいなかったか？」

「あれ、もしかしてミカちゃんも？」

「ああ。私もいたんだ。廊下にはよく特進クラスのテスト結果が張り出してあったからな。そこで先崎の名前を見たような気がしてな」

油井ゼミナールの特進クラスは真紀も知っている。指導についていきさえすればどんな学校でも合格間違いなしということで有名だ。勿論、特進クラスに入るのもそこに残り続けるのも大変なのだが。

しかし失礼だが、桃がそんなに勉強ができるようには思えない。

「そういえば私が特進クラスに上がる頃には見かけなかったが」

「ああ、やめちゃったんだ。合わなくて。塾がって言うより、受験勉強がね」

受験戦争の苛烈《かれつ》さに道半《なか》ばでリタイアしてしまう小学生は決して少なくない。真紀の同級生にもいた。ただ桃の場合は成績は良かったわけで、おそらく単純に塾と宿題で放課後が潰れるのが厭だったのだろう。

しかし勿体《もったい》ない。公子が通う娘心館はトップ女子校、そんな公子と同じ特進クラスにいた桃がそのままの成績をキープしていたら、だいたいの私学は受ければ通る状態だったのではないだろうか。

早めに自分の頭の限界を知って大学までエスカレーター式に上がれる学校を選んだ真紀にしてみれば羨《うらや》ましい話だ。

まあ、それは済んだ話としても、もしも桃の成績を抜きにした思考力が良いとしたら……案外、将棋では強敵になるかもしれない。

真紀が値踏みするような視線を桃に向けると、桃は突然「あっ」と声をあげた。

「どうしたの？」

「お茶、なくなっちゃった……お昼どうしよう」

いや、やっぱり何も考えてないのかもしれない。


それからほどなく、真紀たちは教室に移動した。

教室に入ってすぐの生徒用のテーブルには座らないようにとの注意書きがあり、結局前と同じ最後列の奥のテーブルに四人で座ることになった。

今日の受講者は老若男女幅広く集まっている感じで、女性ばかりの前回とは対照的だった。

そして午前十時、予定通り将棋教室は始まった。

「私が講師の恩田《おんだ》敬一《けいいち》です。今日は皆さん、よろしくお願いします」

元プロ棋士だという恩田は綺麗な銀色の髪をした老紳士だった。ワイシャツにスラックスという地味な恰好だが、それが恩田に講師としての不思議な説得力を与えている。大学教授と紹介されても納得してしまいそうだ。

恩田は講師のテーブルの上に折りたたみ式の将棋盤を広げると、駒を並べながら皆に語りかけた。

「将棋とは歩、香車、桂馬、銀、金、飛車、角、王将の駒を操り、お互いの王将を討つゲームですが……駒は双方合わせて四十枚もあるのに、マスは八十一しかない。そう思えば実に窮屈です。しかし決して退屈ではありません」

駒を並べ終えた恩田は一駒を手に取る。あの小ささ、歩だろうか。

「それにいざ指し始めると、この八十一マスの広いこと広いこと……勝負の終盤、何度これが六十四マスだったらいいかと思ったことか解りません。挟い方が手を考えるのは楽になりますからね。

さて、本来の初級講座だと駒の動かし方から丁寧《ていねい》にやっていくのですが、今日は二時間だけなので普段とは違う趣向を凝《こ》らしてみたいと思います」

そこで教室のドアがノックされた。

「ああ、入りなさい」

恩田の声に応えるように制服姿の少年少女が入ってくる。大半は真紀たちより年上だと解る。おそらく高校生だろう。

彼らはヤカンや湯飲みの入ったトレイ、お菓子などを誰も座っていない入り口そばのテーブルに置くと、前の方に横一列に並んでいく。

「今日、この講座を手伝ってくれる十常寺《じゅうじょうじ》学園の将棋部の部員です」

十常寺学園！

創設してまだ十年も経っていないが最近徐々に偏差値と人気を上げている私立の中高一貫校だ。おそらくあと数年以内に名門私立の一角を崩すのではないかとも言われている。

「私の指導の甲斐《かい》があったのか、ここ二年ほど続けて全国大会に出場するまでに成長しました」

生徒が部活動で活躍するとそれだけ学校の宣伝になるという。おそらくは十常寺学園が恩田に謝礼を払って顧問になって貰ったのだろう。

何気なく将棋部のメンバーを眺めていると、一人だけ小さい女の子が混ざっていた。

「端に立っているのが孫の駒子です。まだ小学五年ですが、将棋部の高校生ともいい勝負をしますよ」

駒子ははにかむように笑って皆に頭を下げる。尼削《あまそ》ぎにしてるせいもあり、まるで座敷童《ざしきわらし》か雪ん子みたいに見える。

「皆さんには初心者同士で将棋を指していただきます。勿論、それだけでは面白くないでしょう。今回は特別に巻き戻しアリ、代指しアリの特別ルールを設けます」

そこで一人の中年男性が手を挙げる。

「すみません。巻き戻しアリというのはつまり『待った』を認めるということですか?」

「まあ、そんなところですが、少しだけ違うのは私や将棋部の彼らが代わりに一手指すことですね。本来ならそれで負けが決まっていたような場面も中級者上級者ならこう指すというのが解るとまた面白いですよ。無論、回数には制限をつけますので、使い処を考えるのも戦略の内ですよ」

まるで『将棋倶楽部21』みたいだ。もしかすると部員の誰かがプレイヤーで、そこから代指しのアイデアを思いついたのかもしれない。

「初心者同士でやってもつまらない、あるいは腕に覚えがあるという方は彼らが直接相手をしますが、希望者が多い場合は多面指しになります」

そこで参加者の中年女性が手を挙げる。

「多面指しというのは何ですか？」

「一人で一度に沢山《たくさん》の相手と指すことをそう呼ぶのですよ。将棋盤を並べて順番に相手していくんです。一人が長考に入ったら隣の人の盤へ、その人が長考に入ったらまた隣の人の盤へ……という風に」

「なるほど。解りました」

女性は納得したように肯く。

「さて、正直なことを申しますと、今日は皆さんに強くなって帰っていただこうとは思っておりません」

将棋講座も商売だ。生徒はおだててナンボ、育ててナンボではないのか？

「ただ、何も強くなるだけが上達ではありませんから。確かに重要な局面で妙手《みょうしゅ》を指せるようになるのは上達と言えますが、テレビやインターネットで対局を観戦している時に『おっ、この一手は流石《さすが》だな』と解るのもまた上達です。今日の変則形式は一手の妙味が解るようにと考えたものです。将棋が少し解るようになるとまず観戦が楽しくなりますから」

広告収入で運営しているプロスポーツは基本的に観戦者がいないと成り立たない。おそらく恩田は第一線を退いた後も、こうやって将棋の普及活動に努めているのだろう。

「そうそう。セルフサービスにはなりますが、今日はお茶とお菓子を用意してます。将棋を堅苦しいものと考えず、和気藹々《わきあいあい》と楽しんで下さい」

「お茶があって良かったー」と安心している桃の呑気《のんき》な発言をよそに、真紀はすぐにこれからのシミュレートを始める。

巻き戻しアリ代指しアリで将棋をやるとなると、相手はほぼ同じ班の千鶴か桃か公子になるだろう。しかし三人ともド素人《しろうと》だ。勝って当たり前、負けたら恥ずかしい対局はあまりモチベーションが上がらない。

やはりそこそこ強い相手といい勝負がしてみたいし、あわよくば勝ってみたい。

そこで多面指しだ。恩田は目の前の人間が長考に入ったら、また別の相手のところへ……と簡単そうに説明したが、なんだかんだで相手が長考している間は一息つける普通の将棋とは違って、ぶっ通しで自分の指し番を続けなければならない分、脳への負担が大きいと聞く。つまり実力者であっても時間が経てば相応に弱体化する筈なのだ。

流石に全国に行くような高校生は無理でも駒子ならいい勝負になるのでは？

そうと決まれば先手必勝だ。真紀は勢いよく挙手してこう訊ねる。

真紀は一瞬で厭らしい計算を済ませた。

「あの、駒子ちゃん指名していいですか？」

かくして真紀の思惑は上手く運び、駒子は四面指しで真紀たちと戦うことになった。

「……参りました」

真紀は駒子に頭を下げる。

「ありがとうございました」

駒子はぺこりと頭を下げると、ゆっくりと隣の公子の前に席を移した。

不覚……まさか四人の中で一番最初に敗退するとは。

三人の前で吹いた手前、気まずくって仕方がない。真紀はため息を吐いて、盤面に視線を落とす。

十五手前までは優勢だった筈だ。ここからもう相手の駒を削っておけば負けはない……そう思って金に手を出したのがいけなかった。結局、そうやってできた陣の隙間から大駒をねじ込まれ、あっという間に王が死んだ。

『将棋倶楽部21』だったらあそこで渡辺竜王《わたなべりゅうおう》カード使ってたかも……ううん、ああいうところで自分の頭で悩む癖をつけないと。

突然、桃が席を立った。何やら口元をきゅっと絞っているが、吐きそうなのだろうか？

「お手洗い？」

千鶴が訊ねると桃は首を縦に振り、そのまま教室の外に出ていった。水筒のお茶を飲んだ上に、出されたほうじ茶まで飲んでいたから単に飲みすぎだろう。

真紀が将棋盤から顔を上げて自分の肩を揉んでいると、隣の公子がこちらを見てニヤリと笑った。

「なんだヨ？」

「別に。私は長考に入るから邪魔しないでくれ」

見れば、丁度駒子が千鶴の前に移動するところだった。

「……二歩《にふ》して負けちゃえ」

そう吐き捨てて、真紀はまた今の局の反省に戻った。

しかし頭を冷やしてみると敗因が見えてきた。元の棋力もあるが、真紀の棋力がほぼ素人の公子に劣っているとは考えづらい。だとすると話は単純で、敗因は真紀がハイペースで勝負を進めすぎたせいだ。もう少しゆっくり指していれば駒子の疲労が溜まって、いい勝負になったかもしれない。

うーん、将棋は奥が深い！

真紀がそんなことを思っていると背後に人の気配がした。振り向くと、桃が湯飲みを持って自分の席に戻るところだった。

「おかえり。随分慌ててたネ？」

「うん。もしトイレに行ってる間にあたしの番が来てたら申し訳ないって思ったらつい」

「だからってサ、何も言わずに出てかなくてもいいじゃない。そそっかしいんだから」

「まだ大丈夫？」

「うん。今、千鶴の番になって少し経ったところ。まあ、じきに交替かな」

桃の持っている湯飲みを見たら喉が渇いてきた。そういえば対局中何も口にしていない。

「ウチもお茶飲もうかナ」

真紀がそう断りを入れて立ち上がろうとすると、桃は何故か慌てたように真紀の前に湯飲みを置いた。

「お茶飲む？」

真紀は思わず首を傾げそうになった。申し出は嬉しいが、何故くれるのだろう？

「それは嬉しいけど、桃は？」

「念のために持ってきたけど、あたしのお茶はまだ残ってるから」

桃はそう言うと自分の席にすぐ戻り、席に置いてあった湯飲みを取り上げて真紀に見せる。

「ほら、ね」

まあ、席に戻るついでにお茶を持ってきたというなら変なところはないか。

「ふーん。じゃあ、貰おうかナ」

真紀は湯飲みに手を伸ばす。啜ったほうじ茶はぬるかった。まあ、特に冷やしていたわけではないからそんなものだろうが、喉が湿るだけでもだいぶ違う。

真紀は隣の公子を無視して、向こう側の千鶴を見る。

千鶴は駒子を相手にかなり慎重に指していた。初心者らしくガツガツ攻めないお陰か総崩れという感じはしない。

なるほど、こういうやり方もあるんだ。

やがて千鶴は長考に入り、駒子は桃の前に移動する。

確かに人が指しているのを見ると勉強になる。真紀は今度テレビの対局を見てみようかという気持ちになった……その時。

突然、入り口の方で何かが落ちるような派手な音がした。みな、驚いてそちらの方を見ている。

すると教室の前の方にいた恩田が立ち上がって、大丈夫であることを身振りでアピールする。

「ああ、湯飲みが崩れたみたいですね。私が片付けておきますので、皆さんは対局を続けて下さい」

恩田はそう言ったが、真紀は手伝うことにした。立ち上がって前に行く。

「負けて暇《ひま》なので、手伝いに来ました」

ついでに恩田から何か面白い話が聞ければという下心はあったが、勿論それは口には出さない。

「ああ、助かります。神原さん」

「うわあ、結構ありますね」

ぱっと見た感じでは四十個以上散らばっている。

「将棋部の子が張り切って全部運んできてしまったようですね」

恩田は苦笑しながら屈《かが》むと、湯飲みを拾い集めていた。

真紀はとりあえずトレイを拾い上げることにした。だがトレイの底に触れた時、アルミの冷たさとはまた違うひやりとした感触に驚き、危うく落としかけた。

……濡れてる？

お茶でもこぼれたのかと思ったが、ヤカンは無事だし、トレイがあった場所とは少し距離がある。

何故濡れているのかは引っかかったが、とりあえずは片付けが最優先だ。しかし真紀はトレイを元あった位置に戻そうとして、また別のことに気がつく。

テーブルの上には将棋の飛車と角が、ぽつんと置いてあった。無視してトレイを戻そうとしたが、どうしても将棋の駒が邪魔になった。まるでトレイが将棋の駒に乗り上げているような状態になるのだ。

何にせよ、駒をどかさないと元あった場所にはトレイを置けない。真紀は駒を片付けるべく手を伸ばした。

……何これ、取れない？

どうやら駒がテーブルにくっついているらしい。ただ横から押すと少し動くので完全に接着されているわけではない。真紀はやっとの思いで駒をテーブルから剝がした。

駒をどかした真紀がトレイを置くと、ちょうど十数個の湯飲みを回収した恩田が立ち上がるところだった。

「ああ、トレイを置いてくれたのですね。ありがとうございます」

真紀に礼を言って、恩田はトレイに湯飲みを載せ直す。床を見ればまだ三十個ぐらい落ちている。ただ、二人で手分けすればあと一回で済むだろう。

ほどなく真紀と恩田はトレイに湯飲みを戻し終える。

これで元通り……おっと。

真紀は二枚の将棋の駒の存在を思い出し、恩田に差し出す。

「先生、これ……ちょっと濡れてますけど」

「ああ、ありがとうございます。これは……そこの将棋盤にない飛車と角ですね。出しっ放しにしていたのがいけなかったのかもしれませんね。これも片付けてしまいましょう」

恩田が駒を片付ける様子を見ながら、ふと真紀はあることに気がついた。

トレイが教室に運ばれてきた時、あの二枚の駒は講師のテーブルの上にあった。だからたまたま転がっていた駒の上にトレイを置いてしまったというのはあり得ない……つまり誰かが故意にトレイの下に駒を置いたことになる。しかし何のために?

真紀が考え込んでいると、小走りで誰かが前にやってくる気配がした。また桃かと思ったら、駒子だった。はて、まだ対局中の筈だが……。

真紀は駒子に声をかけようと思ったが、その顔を見て思いとどまった。駒子が明らかに泣いていたからだ。

外に出ていく駒子を見送ると、真紀は代わりに恩田に訊ねた。

「恩田先生、駒子ちゃんが……」

だが恩田は特に驚いた様子もなく、かぶりを振った。

「ああ、いつもの癖です。負けたりして、自分が情けなくなるとああやって泣くんです。落ち着いたらすぐに戻ってきますよ。泣きながら指されたら他の方たちもびっくりするでしょう」

真紀にはそんなに悔しいと思った体験がない。真紀がすぐに思い出せる大きな挫折は娘心館を受けて落ちたことぐらいだが、それでも泣くほどではなかった。まあ、記念受験的な意味合いでしかなかったというのも大きいだろうが……。

真紀にはそれだけ何かに思い入れるということが今一つピンと来ないのだ。

「……ってことは桃は駒子ちゃんに勝ったんですかね？」

あの桃がそこまで強かったとは知らなかった。

「さっき覗いた時、もしかしたら勝ってしまうかもしれないとは思ってましたが、まあそうなったようですね」

真紀には解らなかったが、どうやら桃が優勢だったらしい。

「ところで先崎さんは将棋経験者ですか？」

「どうでしょう。まあ、駒子ちゃんみたいにハードにやってたわけではなさそうでしたけど」

「そうですか。いや、確かに定跡《じょうせき》には疎《うと》いという印象は受けましたが、駒得《こまどく》の感覚が良く解ってて面白いなと思いまして」

将棋とは駒を取ったり取られたりするゲームだ。しかし同じ取られるにしても弱い駒を取らせて、相手の強い駒を取れると大きなアドバンテージになる。それを駒得と呼ぶ。

「桃って強いんですか？」

「強いかどうかはまた微妙ですね。一手先、二手先ぐらいは見てますが、先の先、その更に先までは見ていないと思います。終盤に駒得で動いて王を取られるなんてことはしょっちゅうありますからね」

　確かに真紀もそれで駒子に負けた。

「しかし今の駒子ぐらいが相手ならそれでも充分です。まあ、苦手な多面指しとはいえ、素人同然の相手に負かされるのも駒子にはいい経験だったかもしれませんね。それもまた将棋」

　実の孫の話なのに随分と突き放したような物言いだ。

「けど、ド素人に負けるのってショックじゃないですか？　ウチだったら将棋やめちゃうかも……」

「それでも構いませんよ。むしろ幸せかもしれません」

　返ってきたのは意外な答えだった。

「将棋をやめるのが幸せ？」

「ええ。私は駒子をプロにしようとは一度も思ってませんからね」

「じゃあ、駒子ちゃんは自分の意思で将棋を？」

「確かに今は指導してますが、私が仕込んだわけじゃないですからね。家にあった将棋盤と駒に勝手に興味を示したんですよ。子供たちだって興味を示さなかったのに、まさか孫が私と同じ道を志すとはね」

「駒子ちゃんが棋士を目指すの、嬉しくないんですか？」

「嬉しくないわけじゃありませんよ。しかし、この先待ち受ける苦難を考えたらとても素直に喜べません。一日中、将棋のことだけ考えて生きていられたら楽しいですけど、それも勝ててこそ、食えてこそですからね……」

それはなんとなく想像がつく。名のある大会で結果を残せるのはほんの一握りの棋士しかいないことを真紀は知っていた。

「私がプロ棋士になったのは二十歳《はたち》の頃でした。年齢制限のある奨励会を早く抜け、これからプロとして将棋三昧《ざんまい》の日々だと思った矢先に父親が倒れましてね。お陰で私が一家の家計を支える羽目になり……その日以降、私は食べていくために指すことになりました。大崩れとは無縁の堅実な将棋でしたが爆発力もなく、大会では決勝まで行けたことがなかったですね。結局、駒子が生まれる頃に引退しましたよ。浮きもせず沈みもせず、つまらない棋士人生です」

そう言って微笑《ほほえ》む恩田の顔に、真紀は彼の深い後悔を見た気がした。

「神原さんには将来の夢はありますか？」

「いえ、特に……大学二年生ぐらいまでにやりたいことが見つかったらいいかなって」

「そのぐらいでいいんです。何も中学の頃から将来を思い詰める必要なんてないんですよ。若い頃に見えているものなんて真実のほんの一部でしかないんですから。本当は何が正しかったかなんて、時間が経たないと解らないんです」

「……そういうものかもしれませんね」

「父が倒れた時は安定した成績を残すのが自分の役目だと割り切って指してました。しかし、あの頃もう少しゆったりと指していたら、また違う棋風に辿り着けていたのではないか……もっと言えばタイトルに縁があったのではないか、そういう風に思ってしまうんです。

もっともそれで芽が出ずに早く引退していたかもしれませんけどね。まあ、全ては詮《せん》なき想像です」

テーブルの一つから恩田を呼ぶ声があった。指し手の相談だろうか。恩田は真紀に頭を下げると、呼ばれた方へ去っていった。

そういえば駒子はまだ戻ってこない。まあ、それだけショックだったということか。

真紀も自分のテーブルに戻ることにした。

テーブルの奥では桃が虚空《こくう》を見つめてぼーっとしていた。駒子に勝ったことで放心しているのだろうか。真紀はとりあえず祝ってやることにした。

「あー、おめでと桃。なかなか強いじゃん」

だが桃から返事はない。不思議に思って近寄ろうとすると、公子が真紀の袖を摑んでかぶりを振った。

「今はやめておけ」

「どうして？　勝ったんでショ？」

だが、二人の会話を聞いていた千鶴も首を横に振る。その意味を理解するのに真紀はしばらくかかった。

「……桃が負けたんだ。決まり手は桃の４二歩……二歩で反則負けだよ」

なんとまあ。確かに公子には「二歩して負けちゃえ」と軽口を叩いたが、まさか桃が二歩で負けるとは思ってなかった。まあ、うっかりやっちゃいそうなところはあるけれど。

真紀は黙って肯くと席に腰を下ろした。しかしほどなくしておかしいことに気がつく。

あの時、駒子は泣いていた。負けて泣くなら解るが、どうして勝ったのに泣いたのだろう？

＊

ズルしたの、駒子ちゃんにバレなかったかな？

桃は心拍数を抑えようとして深呼吸を繰り返すが、鼓動はさっぱり治まらない。

「桃、帰るヨ」

真紀にそう言われて、ようやく将棋教室が終わっていたことに気がつく。目の前に将棋盤がないところを見ると誰かが片付けてくれたらしい。申し訳ないことをした。

「じゃあ、これで……」

今日はもういつものテンションでは過ごせないだろうと桃が別れを切り出しかけると、皆が呆れた顔で桃を見ていた。

「今からお弁当食べるんじゃなかったノ」

……すっかり忘れてた。

「あはは、そうだった。負けたショックでぼんやりしてたよ。ゴメンね、マキちゃん」

桃はそう誤魔化しながら、心中で愕然《がくぜん》としていた。二歩負けの件について、これ以上追及されることだけは避けたいのに。

あたしの馬鹿。なんでお弁当持ち寄ろうなんて言っちゃったんだろう。

四人は四谷文化センターを出て、近くの外濠《そとぼり》公園に向かって移動する。

カラン……。

自分の水筒から聞こえてきた音に桃は肝を冷やし、歩き方を変える。例の、家の廊下を鳴らさないあの歩き方だ。

「先崎さん、靴擦《くつず》れでもしたのですか?」

桃の歩き方に気がついた千鶴がそんなことを訊ねる。

「ううん。癖なんだ。お母さんからはやめろって言われるんだけど直らなくて」

「そうなんですか。癖と言えばわたしも……」

桃は安堵する。とりあえず歩き方は誤魔化せた。

数分後、桃たちは外濠公園に到着する。

「この辺でいいかな?」

桃はかけていた水筒を芝生の上にそっと置くと、荷物からシートを取り出した。

「これの上で食べると遠足気分になるよねー」

四人はシートの上に荷物を置き、腰を下ろす。

とりあえず弁当を食べてしまいさえすれば今日は終わりだ。桃はそう思いながら弁当箱を取り出そうとする。

「待って。お弁当食べる前に先にはっきりさせておきたいことがある」

それを制止したのは真紀だった。

「食べながらじゃ駄目なのか？」

「うん。お弁当食べた後だと間に合わないかもしれないからサ」

どうやら逃げられないらしい。桃は覚悟を決めた。

「桃、二歩を指した時の状況を教えて」

「えーと、普通だよ？　チヅちゃんの前から移動してきて、すぐの一手目に満を持して指したのが4二歩……自分の4七歩に気がつかなくてね」

「桃、本当に二歩に気がつかなかったの？」

「うん。うっかりしてたんだね」

「だったらなんで4二歩だったの？」

真紀は深く斬り込んできた。

「あの戦い方なら少し離して香車を置くか、いっそ4二銀でも良かったと思うんだけど？」

「んー、どうせ取られちゃうかもしれないからってケチったのがいけなかったのかも」

真紀は目を細めると、桃の瞳を見つめながらこう訊ねた。

「ねえ、桃。もしかしてわざと二歩やったんじゃないの？」

どうして真紀がそれに気がついたのだろう。

「あ、でも神原さん。それは難しいと思います」

助け船を出してくれたのは千鶴だった。

「どうして？」

「だってわたしもさっき二歩をしそうになったので。けど歩を置く前に駒子ちゃんが『二歩ですよ』と教えてくれて助かりました」

「そういえば、私もそうだな」

「ふむ……実力差があって、カジュアルな対局だからこその二歩指摘か。なるほどネ」

納得してくれただろうか？　いや、納得して欲しい。

「だったら尚更《なおさら》おかしくない？　指す前に指摘できた筈の二歩を指摘できなかったって、何かあったに決まってるでショ」

桃は自分の表情が引《ひ》き攣《つ》っていることを自覚する。

「何かって……何かな？」

「ねえ、桃。４二歩を指したのは湯飲みが崩れる前？　それとも後？」

桃は唾《つば》を飲み込む。今ならまだ嘘がつける。「指そうとした瞬間に湯飲みが崩れたせいで、駒子が二歩を指摘できなかった」と。

だが桃が矛盾がないか確かめている間に千鶴が答えてしまった。

「確か後でした。丁度、神原さんが前で湯飲みを拾ってる間だった筈です」

これで桃の嘘は封じられてしまった。いや、下手《へた》に言わなくて良かったというべきか。

「それだとまるで駒子ちゃんには４七歩が見えてなかったみたいじゃない？　いや、いきなり現れたせいで解らなかったのかも。

桃、もしかしてどこかでズルして４七歩を置いたんじゃないの？」

真紀のストレートな指摘に桃は真っ青になった。

「でもさ、向かいには誰もいなかったかもしれないけど、隣にはチヅちゃんがいたんだよ？　そっと駒を置こうとしてるところ見られたら、言い訳できないよ。コマちゃんもミカちゃんもずっと自分の駒を見てるかどうか解らないんだし……そう、負けて暇だったマキちゃんなんかいつあたしのズルを目撃するか解らないじゃん！」

精一杯の反論だが、桃はこれで話を打ち切りにできると思っていた。しかし真紀は不敵に笑う。

「語るに落ちたネ」

「え？」

「だったら、ウチらの視線を一瞬だけどこかに引きつければいいってことにならない？」

……マキちゃん、どこまで気がついてるの？

桃の心配をよそに公子が何かに気がついたような表情で口を開く。

「もしかして湯飲みが落ちたことを言ってるのか？」

「そうだよ。突然大きな音がしたらつい原因を確かめちゃうのが人間の本能なんだしサ。だけどもしもあれが仕組まれていたとしたら？」

「根拠はあるのか？」

「当たり前サ」

桃は身体の震えを抑えるのが大変だった。嫌いな給食のおかずが食べられなかったり、学級文庫の本をなくしたりで小学校の学級会でつるし上げられた時とは比較にならないぐらい怖い。

「最初、湯飲みの入ったトレイはテーブルの縁に揃えられるようにぴったりと置かれていた。これはお茶を取りに行ったみんなも解るよね?」

真紀の問いかけに千鶴も公子も肯くのを見て、桃も慌てて追従《ついじゅう》する。

「ところがね、湯飲みが落ちた時に一緒にトレイも落ちてたんだけど、テーブルに戻そうとすると邪魔なものがあったんだ……飛車と角がね、濡れて貼り付いてたんだ。トレイを置こうとすると、二枚の駒に絶妙に乗り上げちゃって、水平にならないの」

桃にとってトレイまで落ちたのは計算外だった。駒も後で回収しようと思っていたのだが、まさか真紀に見つかってしまうとは。

「神原の言葉を信じるとして……駒の位置に間違いがないなら、あのトレイは傾いていたことになるな」

「でも三方さん、最初から傾いていたのならもっと早くに倒れないかな?」

「二人とも目の付け所がいいねえ……ウチも説明が楽だヨ。けど、本当に傾いていたらあんな風に倒れたりはしないサ。実際は徐々に傾いたんだよ。駒があった場所とは反対側に、時間経過で消える支えを置けばいい。そう、氷なんか丁度いいんじゃないかと思う」

桃は真紀の言葉が恐ろしかった。どうして氷の支えを使ったことまでバレているんだろう？

「氷が溶け出すとトレイは当然徐々に傾いていく。トレイは駒の斜面を滑って、やがてガタン、それで上に載ってた湯飲みがガシャンってネ。多分、崩れやすいように端の方に固めて積んでおいたのかもしれない」

「けど、神原さん。氷が使われた証拠なんて……」

「根拠はあるよ」

そう言って、真紀は桃の水筒の方をちらと見る。

「トレイの底が少し濡れてたんだ。おまけにまだ冷たかった。あれは氷が溶けた水だヨ」

大変だ。マキちゃんはトリックに気がついただけじゃない。確実にあたしのことを疑ってる。

「……お茶がこぼれただけじゃないの？」

「桃が譲ってくれたほうじ茶、ぬるかったよ」

反論を斬って返され、桃は思わず身を縮める。

「さて、ここで問題が出てくるんだけど、犯人は氷をどこから調達したんだろうね」

「氷ぐらい、自販機で冷たい飲み物買ったら手に入るよね？」

桃が明後日《あさって》の方向に誘導しようとすると千鶴がかぶりを振る。

「いえ、それは無理だと思います」

「どうして？」

「自販機の飲み物に入る氷は細かく砕いてありますから、支えにするには小さすぎると思いますよ」

「しかし、だったら氷はどこから……」

そう言いかけた公子も桃の水筒に視線を落とした。公子も辿り着いた可能性がある。

「対局の途中でトイレに立ったよネ？」

「うん。お茶飲みすぎちゃったから……ちょっと気分が悪くなって」

「あの時さ、どうしてゼスチャーで意思を伝えたの？」

「それは……慌ててたからだよ。吐きそうだったし」

「本当に？」

「いや、返事をしようと思ったらできたけど、吐きそうな時に口開けたら、大変なことになるかもしれないじゃん！」

「あっそ。だったら口の中は空っぽだったんだネ？」

「そうだよ」

「けど、実際は湯飲みに口をつけてから立ち上がってたよネ？　その時、お茶は飲み込んだの？」

そこを見られていたなんて……。

「桃は何故、返事をしなかったのか……もう解ったね。しなかったんじゃない。できなかったんだ」

真紀が桃の水筒に手を伸ばす。それで桃は観念した。

「口の中に氷が入ってたから」

真紀が水筒を振ると、中から僅かに溶け残った氷が小気味の良い音を立てた。言い逃れのきかないほどの王手だ。

「……参りました」


桃は観念して、全てを話すことにした。

「元々、水筒のお茶は氷で冷やしてたんだ。将棋教室の前に全部飲んじゃったけど、氷は残ってたから、ほうじ茶を水筒の氷で冷やして飲んでたんだよ」

氷さえなければあの仕掛けも作れなかった。本当に余計なことをしてしまった。

「あの仕掛けでみんなの視線が前に向いた瞬間に、4七歩を置いたんだ。少ししてコマちゃんがこっちを向いた時に、しれっと4二歩を指して……後から二歩に気がついたフリをして負けましたってね」

「ねえ、桃。4七歩を置いたのは解った。けど、どうしてズルしてまで負けたかったのか、それが知りたいんだよネ」

「あたしね、もしかしたらコマちゃんに勝っちゃうかもって感じたんだ」

「それは恩田先生も同じことを言ってた。桃が優勢だって。なのになんで?」

「けど、指してて伝わってきたんだ。コマちゃんはこれまで凄《すご》く努力をして強くなったんだって。それで解ったんだ。ここであたしが勝ってもコマちゃんを傷つけるだけだって」

「そんな思いやり……」

千鶴が何かを言いかけてやめた。だが、言いたいことは充分に伝わった。

「いざ負けようと思うと意外と難しいんだ。わざと変な手を指したら、コマちゃんにはすぐに解りそうだったし。結局上手に負ける方法が思いつかなくて、二歩ならいいかって思ったんだ。それで湯飲みを崩す仕掛けが浮かんで、すぐに試したの。思いの外上手くいって、二歩で負けられたんだけど、コマちゃんがすぐに泣き始めて……」

桃はがっくりと肩を落とした。全てを話したら力まで抜けてしまった。

「あたし、コマちゃんのために負けたかったんだ。けど間違っても、コマちゃんを泣かせたいなんて思わなかったんだ……」

そして桃には駒子が泣いた理由が何度考えても解らない。

「ねえ、誰か教えてよ。なんでコマちゃん泣いたのかな？　あたし、馬鹿だから解らないんだ」

すると公子が桃の肩を叩く。

「先崎、棋士の記憶力を舐《な》めてたな」

「え？」

「上手く誤魔化したつもりでも、なかった筈の駒が増えていたことぐらいはあの子にも解る。だったらお前が何をしたのかも、理解した筈だ。そしてお前がわざわざ手間をかけて二歩負けしたことに思い至れば……やがてお前が情けをかけたという結論に到達するだろう」

ああ、そうか。コマちゃんは気がついてたんだ。それをあたしは得意になって上手くいっただなんて……。

突然、真紀が立ち上がると桃の腕を掴む。どうやら立てと言ってるようだ。

「マキちゃん？」

「ウチ思うんだけど、桃は駒子ちゃんにちゃんと謝った方がいいよ」

「けどあたし、あんなひどいことして、どんな顔で謝ればいいのか解んないよ……」

「ズルして勝ったんならともかく、ズルして負けたんだからまだ罪は軽いよ」

「でも……」

桃は立ち上がる気力が湧かず、じっとしていた。すると真紀がしゃがみ込み、桃をそっと後ろから抱きすくめると、こう優しく囁《ささや》いた。

「ほら、一緒に行ったげるから。行こう？」

シートを片付け、急いで四谷文化センターのビルに戻った桃たちが受付で将棋教室のことを訊ねようとすると、丁度帰ろうとしている駒子がロビーに現れた。

「あ……皆さん」

駒子は気まずそうに頭を下げる。

「さっきはすみませんでした。みっともないところをお見せして」

「その件なんだけど、もう全部解ったからサ」

「え？」

「ほら、桃」

桃は自分のしたことを説明した上で、改めて駒子に謝罪した。

「ごめんね、コマちゃん」

最低でも平手打ちは覚悟していた。プロ棋士になろうという少女の誇りを汚《けが》したのだ。それぐらいは当然だろう。

しかし駒子は穏やかな表情でこう言い放ったのだ。

「先崎さんは悪くないです。それに私の力さえ足りていれば、指す前に『そこは二歩ですよ』って指摘できたんですから」

「コマちゃん……」

「私、先崎さんにプレッシャーを感じてたんです。増えた歩を見落とすほど熱くなっていた自分が恥ずかしくて泣いてしまいました。本当にごめんなさい」

駒子の言葉に三人が安堵したのが解った。だが桃だけは駒子の優しい嘘に気がついてしまったのだ。

悔しくない筈なんかないのに、コマちゃんはあたしのために嘘を吐いてくれた……。

桃は深く反省する。

昔、塾をやめた時と同じだ。あの時も学費で家に迷惑をかけたくなかっただけなのに、家族をとても失望させてしまった。

いつもこうだ。誰かを思いやったつもりの行動が、ただの短慮に過ぎなかったことを思い知あたしはマキちゃんが羨ましい。色々なことを知ってて、目端《めはし》が利くから、あたしみたいに間違ったりはしない。何より、独りよがりでなくちゃんと思いやれる。

マキちゃんは先の先、先の先の先まで考えて行動できる人だ。けどあたしに考えられるのは少し先……あたしはいったいこの先どうすればいいんだろうか。

「そうだ。次に受けるやつ、桃が決めてヨ」

突然、真紀に指名されて桃は狼狽した。

「え、何を?」

桃の疑念に、真紀は近くの掲示板を指差しながら応じた。

「ほら、直近に開かれる体験講座の詳細が貼り出されてるからさ。ついでにここで決めちゃった方がいいかなって」

それはそうかもしれないけど……あたしにそんな権利があるのかな?

「けどあたし、退屈な講座を選んじゃうかもよ?」

桃が不安そうに訊ねると、真紀は笑った。

「どんな講座でも大丈夫だって。もしその講座がもの凄く退屈でも、いつか役に立つ時が来るかもしれないしさ。恩田先生も言ってたよ。本当は何が正しかったかなんて、時間が経たないと解らないんだってネ」

今のところ、自分の近視眼的な物の考え方がどうにかなる目処《めど》は立ってない。それでも桃は今の言葉に救われた気がした。

「そういうことなら任せて。本気で最高の講座を選んでみせるから」

……できることならみんなで過ごす間に、あたしの悩みの答えが見つかったらいいな。

「その意気その意気。さあ、選びナ！」

真紀に強く背中を叩かれた桃は、背伸びして掲示板の貼り紙を見つめ始めた。

維新伝心

「……というわけで、俗に言う小早川秀秋《こばやかわひであき》の裏切りにより家康《いえやす》率いる東軍は勝利を収めることができましたが、この裏切りがなければ結果は逆だったかもしれません。そのぐらい関ヶ原《せきがはら》の戦いは紙一重の戦いだったのです」

知ってる。ゲームでやったから。

神原真紀《かんばらまき》は欠伸《あくび》を噛み殺してその話を聴いていた。今はもう六月の下旬、部屋は人で一杯なのにクーラーの効きはさっぱりで、真紀は退屈さと暑さで気が遠くなりそうだった。

……これが学校の授業なら居眠りできるけど、一応チケット使ってるもんなー。

ここは四谷文化《よつやぶんか》センターの一室、真紀は特別講座『歴史を面白く学ぶために――江戸幕府、天下統一から維新まで』を受講している真っ最中だった。

普段は会議室として使われていると思《おぼ》しきこの部屋には講師用のもの以外の机がなく、代わりにパイプ椅子が六十脚ほど並べられていた。そして席に空きはない……意外や意外、大人気の講座だったようだ。

講師は因幡始《いなばはじめ》という背の高い、ロマンスグレーの老紳士だった。柔和《にゅうわ》な笑顔は素敵だが、顔がやけに赤いのが気になった。酒でも飲んでいるのだろうか。

メンバーはいつも通りだ。おっとりお嬢さんの暮志田千鶴《くれしだちづる》、元気なちびっ子の先崎桃《せんざきもも》、そしていけ好かない出来杉《できすぎ》さんの三方公子《みかたきみこ》。

今回の講座は桃のチョイスだ。真紀はそこまで日本史好きというわけではなかったが、ゲームに出てくる維新志士たちや新撰組《しんせんぐみ》の話が聞けるならという理由で了承した。しかし日曜の朝十時からこんな話を聴いていると、日曜を平日にしてしまったみたいで損した気分になる。

「さて、徳川《とくがわ》家康が天下人になれたのは運の要素もあったとは思いますが……ともあれ関ヶ原の戦いに勝利した家康は天下を手にしたことに満足せず、江戸幕府というシステムを作り始めました。家康がやったことは単純です。まず江戸幕府を脅《おびや》かす要素を国内から極力排除し、そして国外から来ないよう極力シャットアウトした……結果的にこれがパクス・トクガワーナとも言われる長い平穏をこの国にもたらしました」

そういえば『元大学教授』のような肩書きはなかったが、その口調は随分としっかりしており、こうした場に慣れているのが見て取れた。在野の研究家か何かなのだろうか。

「家康を信長《のぶなが》や秀吉《ひでよし》と比べると華という点で劣るのは確かです。しかしそれは信長や秀吉が超天才であっただけで、実際のところ家康も天才には違いありません。自身の死後、二百六十年も続くシステムを完成させたのですから。

今回はこの統治システムの完成、維持、崩壊についてお話ししたいと思います」

因幡はそう断りを入れると、ホワイトボードにこんな内容のことを書いた。

江戸幕府を一つのシステムとして見る

- 完成させた者たち
- 維持した者たち
- 崩壊させた者たち

「統治システムの完成、維持、崩壊の過程は普遍性のある流れです。どんなに強い力を持った体制も滅びの運命からは逃れられないことは歴史が証明していますからね」

そう言いながら因幡は更に何かを書いていくが、だんだんミミズがのたくったような字になり、さっぱり読めなくなった。やがて自身でも読めない字を書いてしまったことに気がついたのか、因幡はペンを放り出した。どうも口頭で説明することにしたようだ。賢明な判断だが、パソコンでスライドを作っておけば済んだ話でもある。実際、因幡のすぐそばにあるプロジェクターはパソコンと接続するために用意されたものだろう。もしかすると因幡はパソコンが苦手なのかもしれない。

「……実際、家康は体制を維持し続けることの難しさをよく承知していました。それは織田《おだ》信長や豊臣《とよとみ》秀吉といったカリスマが天下人にまで駆け上り、やがて転げ落ちる様をリアルタイムで見ていたからというのも大きいでしょう。

だからこそ天下を取った後も、二度にわたって大坂の陣を挑み、豊臣家を打ち滅ぼしたのでしょう。豊臣家を捨て置けばいつか必ず幕府を脅かすというのが家康には見えていたのだと思います。でなければ大坂城攻めの指揮を自ら執《と》ったりはしないでしょう。本当に自分のことだけを考えれば優秀な部下に指揮を任せればよい話です。何があっても江戸幕府を完成させるという強い意志の表れですね。

そうやって家康が完成させたシステムがどのように続き、そしてどう終わったのかを残りの時間いっぱい使ってお話ししていく予定です。よく賢者は歴史に学び、愚者は経験に学ぶといいますが、このテーマには色々な教訓が詰まっているような気がします。私の講座から何かそうしたものを持ち帰っていただけると幸いです。

では次は維持した者たちの話に移ります」

しかしそこからの話がまた退屈だった。要約すれば江戸幕府の役人たちがいかに変化の芽を潰し続けてきたかということなのだろうが、ひたすらそんなエピソードの繰り返しなのだ。

例えば江戸時代の日本の船が世界的に見て劣っていた理由は幕府が造船について制限を設けていたからだそうだ。それは海外渡航を防ぐという意味もあったが、一方で謀反《むほん》を警戒してのことだったらしい。江戸は謀反を起こした藩に攻められても対応できるように設計されていたがそれは陸路だけのことで、江戸湾から攻められることはあまり想定していなかったらしい。江戸を開発した家康にも全てを見通せていたわけではない、というお話だ。

まあ、話自体がつまらないわけではないのが救いだが、政策の話ばかりされても感情移入の対象がないのでつらい。

真紀がかろうじて眠らずに済んでいるのは江戸の地理の話が真紀の生活圏と重なっており、よく知った地名が断続的に耳に入ってきたからだ。

仲間の様子を窺《うかが》うと千鶴は眼が少しトロンとしているし、桃はこっくりこっくり船を漕いでいる。多分、これが普通の反応だ。

だが公子は違った。公子は背筋をぴしっと伸ばしたまま、いかにも興味深そうな顔で因幡の話を聞いていた。

なんかムカつく。

そんな小さな怒りが真紀の眼を覚ましてくれた。

何気なく時計を見たら、既に休憩時間込みで九十分近く経過している。構成的にもそろそろ崩した者たちの話をしないとおかしい頃合いだ。

「ではそろそろ、幕府を崩した者たちの話に移りましょう」

ああ、やっと本命だ。新撰組の話ならゲームで予備知識がある。もう多くは望まないからせめて、歴史系ゲームが楽しくなるエピソードを紹介して欲しい。

居住まいを正そうと背筋を伸ばした瞬間、真紀は因幡が胸を押さえて苦しみ始めたことに気がついた。

「う……ぐ……」

何かを伝えようとしているようだったが、言葉になっていない。因幡の異変に気がついた前列の受講者が助けようと立ち上がるが、その時はもう手遅れだった。因幡は一瞬白眼をむいたかと思うと、そのままゆっくりと床にくずおれた。

*

六月某日、真紀はさりげなく下校途中の奥村《おくむら》里香《りか》に声をかけた。

「一人？　珍しいネ」

「あ、マキ」

里香は日本人の父とアメリカ人の母の間に生まれたハーフで、くっきりとした顔立ちをした背の高い少女だった。そしてもしかすると将来はモデルのような仕事をするかもしれないと思わせるだけの華があった。だから学年でも有名人で、里香とお近づきになりたいと思う生徒は少なくなかった。

「……実はそうなんだ。一緒に帰ろ」

里香と仲の良い友人は皆部活に入っているが、里香自身は帰宅部だ。週に一度は一人で帰る日があることは解《わか》っていた。

「路線が違うけど、駅まででいいなら」

真紀と里香は並んで歩く。しばらくは他愛もない話で様子を見ていた真紀だったが、話題が試験のことになったのを幸いと本題を切り出した。

「リカ、もしかして勉強で何か悩んでるんじゃないの？」

「……このままじゃ来月の期末テスト、英語が赤点になりそう」

真紀たちが通う誠山《せいざん》学園大学付属中等部、通称誠学《せいがく》付属は大学までエスカレーター式に進学できる学校だ。大学への内部進学率は九割近く、よっぽどヒドい成績でない限りは入れるということだ。

だからこそ、生徒たちは皆赤点には敏感だった。

「谷繁《たにしげ》センセの英語、癖があるもんネ」

英語教師の谷繁はある程度の応用力が求められるような試験問題を作ることを好む。教科書の例文をポツポツ暗記したぐらいでは歯が立たない。

「何その余裕。他人事《ひとごと》だと思って」

里香は随分とナーバスになっているようだった。多分、今から勉強しても赤点を逃れるイメージが湧いてこないのだろう。

「……ウチね、英語そこまで得意じゃないけど、谷繁センセの試験はどうにかできてるヨ」

真紀が何気なさを装ってそう言うと、里香の表情に必死さが浮かび上がった。

「お願いマキ。コツを教えてよ」

「え、でも、クラスの友達に英語できる賢い子いなかったっけ？」

里香はかぶりを振る。

「優等生と同じやり方しても意味ないでしょ。あの子たち、普段から勉強してるんだから。ガリ勉じゃないマキだから頼んでるの」

うん、頃合いかな。

「じゃあ……特別だよ」

真紀の言葉で里香の顔がぱっと華やいだ。

「あのね、ウチの兄貴が高等部にいてさ。中二の時谷繁センセに教わってたんだヨ」

これは本当だ。真紀には三つ違いの兄がいる。

「兄貴は変に几帳面《きちょうめん》なところがあってネ。授業で貰《もら》ったプリントとか未《いま》だに全部残してるんだ」

「もしかして過去問があるってこと⁉」

真紀は大声を出した里香の口を手で慌てて塞ぐ。

「こら」

「ごめん……それで、どのくらい効果があるの？」

「そりゃ、丸っきり同じ問題は出ないけど、使ってる教科書も試験範囲も変わってないからそれなりに効果あるよ。真面目《まじめ》に対策してみたら五、六割は取れた感じかナ」

「マジで？」

手応えアリ。

「良かったら今度コピーして渡すけど、いる？」

「ありがとう」

真紀がそう申し出ると里香は抱きついてきた。こういうリアクションはアメリカ人の母親譲りなのだろう。

だがちゃんと釘は刺しておかなければならない。

「……過去問はコピーして渡すけど、誰かに回しちゃ駄目だヨ」

真紀が里香の耳元にそっと囁《ささや》くと、里香は身体を遠ざけた。やはり誰かにそっと教えるつもりだったようだ。

「これは谷繁先生が過去問の存在に気がついてないからこそできる対策なんだから。下手《へた》に広まってバレたら困るのは里香自身だよ。赤点の危機を考えると、むしろウチ以上に困るのかな?」

「……うん。解った。バラさない」

どうやら納得してくれたようだ。

「じゃあ、今度渡すから。またね」

「うん、また」

真紀は里香に別れを告げると、ＩＣパスを改札にかざして駅の中に入った。里香の視線が届かないところまで来ると、一つため息を吐《つ》く。

ひとまずはミッションコンプリートといったところか。

里香は学年でも指折りの人気者だ。彼女と付き合いがあるというだけで一目置かれる。これで当分、学校ではいいポジションを維持できそうだ。

真紀は学校生活や自分の人生をゲームのようなものと理解していた。人間は生きる上で集団と縁を切ることはできない。だが集団の中でいいポジションをキープし続けられたら、大概の不幸とは縁が切れる。

真紀は自分のことを平均よりいくらか恵まれた少女だと思っていた。まあまあの家庭にまあまあの頭、そしてまあまあの顔……けど、それでは天から才能を恵んで貰った人間と争っても勝てないことも知っていた。

だから頭を使って上手《うま》く立ち回るのだ。

この一年で学校内の縦横の人間関係はだいたい摑んだ。誠学付属は良家の子女も多く通っている。コネクションはあって悪いものじゃない。もしかすると将来の就職で思わぬ縁に繋がるのかもしれないのだから。

そう、学校での生活は全てゲームだ。ハイスコアを取って、幸せな人生を摑まないと……。

真紀が目当ての電車に乗って携帯電話を開くと、添付画像付きのメールが来ていることに気がついた。差し出し人は先崎桃、ひょんなことで付き合いができた同じ歳の友人だ。

『こんにちはマキちゃん。次は日本史の講座なんてどう？　この特別講座を聴くと歴史の時間がぐっと面白くなるんだって。高三まで真面目に歴史の授業を受けるとして、数百時間がハッピータイムに化けるなんてお得じゃない？　あと、ポスターを見た感じでは新撰組の話とか出てくるみたいだし飽きないと思うな』

真紀はメールを一読して苦笑する。今の自分の考えとかけ離れた無邪気な文面だ。だが、決して不愉快ではない。

そして添付画像はこの講座のポスターだった。維新志士や新撰組隊士のシルエットが背景に並んでおり、スタイリッシュな印象を与える。おそらく彼らの活躍をフィーチャーした話になるのだろう。

実際、最近はこの四谷文化センターで彼女たちと会うのが楽しみになっている。たまたま縁があった者たち同士の気安さというか……。

ただ、それは裏を返せば、彼女たちとの付き合いが損得勘定から切り離された関係であるということでもある。

思えば中学受験から数えてこの三年、ずっとこのゲームをプレイしっぱなしだった。そして今後も休むことなく続けていかなければならないのだ……。

*

講座が中断した後も教室にはまだ四分の一ぐらいの受講者が残っていた。それでも落ち着かないのか椅子に座っている者は少なく、真紀たちも教室の後ろの方でなんとなく立ったまま過ごしていた。

「大丈夫かな先生」

桃が心配そうにつぶやく。

「今思うと、ホワイトボードの字が読めないぐらいにのたくってたのは兆候だったのかもな。脳の機能に異状が出るとああなるらしい」

公子は冷静に桃の不安を煽《あお》るようなことを言った。

実のところ、まだ因幡が倒れてから十五分も経っていない。倒れる因幡の姿を目撃した受講者の一人がすぐに119番にかけたお陰でそれから八分で救急隊員がかけつけ、因幡を病院へ搬送《はんそう》した。

「ウチは素人《しろうと》だから解らないけど、本当にすぐ救急車来たし、凄《すご》い手遅れにはならないと思うんだけど……」

「どうしてよ！」

いきなり女性の高い声が教室中に響き渡った。見ればホワイトボードの前で声の主である中年女性が若い男性職員と押し問答をしているところだった。

「ですから、この特別講座は中断した場合もチケットの返還には応じられないと……」

職員の若い男性……確か近松《ちかまつ》という名前だった筈《はず》だ……が荒ぶる女性を必死になだめていた。

「そりゃ、先生が倒れたのはお気の毒だったと思うわよ？　早く良くなって欲しいと心から願ってる。けどそれはそれとして、代わりの新しい講座を案内するなり、チケットを返すなりしてくれないとおかしいじゃないの」

確かにこの女性の言うことにも一理ある。

「この講座だけじゃないんです。体験講座や特別講座などの一回きりのものについては、予定時間の半分を過ぎた場合はいかなる事情があってもチケットのお返しはできないという決まりになってるんです」

瞬間、真紀は他の三人と顔を見合わせる。

そういえばそんな説明を受けたような気もするが……近松の言ってることが間違いでなければこのセンターでの三回目の講座はこれでおしまいらしい。千鶴も桃もその辺の事情を察したようで、微妙な表情になっていた。

しかし例の女性は引き下がらない。

「嘘よ！　私がチケットを買った時にはそんな説明受けなかったんだけど？」

「四月になってすぐに規約が改定されたんです。案内はご自宅に送付させていただいてますし……そういえば、当講座のことはどこでお知りになりました？」

「そこのポスターよ。派手なデザインだから厭《いや》でも目に付くでしょ」

維新志士たちのシルエットが印象的な例のポスターだ。桃もあれを見て興味を持ったと言っていた。

しかし近松は申し訳なさそうにかぶりを振る。

「でしたら残念です。一応、ポスターにも予定時間の半分を過ぎた場合はいかなる事情があってもチケットのお返しはできない旨が記されてますので」

「なにそれ……こんな小さい字で。老眼の人には読めないでしょ？」

「あくまでデザインの都合です」

「こんなふざけたことが許されると思ってるの？」

「どうかご理解下さい」

あくまで杓子定規《しゃくしじょうぎ》な対応を繰り返す近松に対し、女性は忿懣《ふんまん》やるかたない様子でしばらく抗議を繰り返していたが、やがて諦めたのか「訴えてやるから！」という捨て台詞《ぜりふ》を吐いて去っていった。

「職員の人、訴えられちゃうのかな？」

「どうだろ。あの女の人が見落としたって話ならいくら争っても無駄だと思うケド……」

しかし近松は近松でダメージがあったようで、怒り肩で去っていく女性の姿を眺めながら大きなため息を吐いていた。

あれはそもそも説明している近松自身、どこかで筋の通らないことだと思っていたからではないだろうか。

「これで終わりでしょうか。とても消化不良ですけれども」

千鶴が首を傾げながら残念そうに言う。

「不幸な事故だったと諦めるしかないよネ。けど、今からどうする？」

そう言いながら真紀がこれからのプランを練ろうとした時、桃が元気に手を挙げた。

「はい」

「お、どうしたの？」

「あのさ、因幡先生が何を話すつもりだったのか、みんなで当てるゲームしてみない？　いや、あたしは江戸幕府の知識が足りないし、半分寝てたから答えられないけど」

桃らしい前向きさだが、そこまでして穴を埋めたい気分ではない。それに因幡が何を話すつもりだったのかなんて明らかだ。

「それはゲームにならないヨ、桃。ウチ、もう解ってるもん」

「お、そうだな」

公子が同意してきた。

「……ミカと意見が合うと気持ち悪いナー」

「奇遇だな。私もそう感じた。で、神原は因幡先生が何を話すつもりだったと思っているんだ？」

「そんなの新撰組に決まってるッショ。あと維新志士も」

真紀はそれ以外に答えはないと思ってそう言ったのだが、何故だか公子は真顔のまま首を少し横に振る。

「いや、そんな筈はないんだが……」

どういうことだ。おまけに公子は自分の答えが正しいという確信を抱いているようだ。

「それじゃアンタ、解ってるの？」

「多分な。こうだろうという見当はついている」

何故だか突然、カチンと来た。

「ミカ、ウチらで一つゲームしない？　先に真相を見つけた方が勝ちっていう単純なルールなんだけど」

気がついたらそう口走っていた。日頃学校で不愉快なことがあってもこんな風になったことはないのだが。

「ジャッジは？」

「因幡先生本人が望ましいけど、無理なら無理でそれに準ずる客観的証拠があればいいってことでサ」

真紀の提案に公子はふっと笑う。

「乗った。いい暇《ひま》つぶしになりそうだ」

公子がそう返事するや否《いな》や、桃が真紀の右手を取っていた。

「はい。あたしはマキちゃんチームで。あたしも新撰組の話が来ると思ってたから」

「じゃあ、わたしは三方さんの方に……」

上手い具合に分かれたようだが、真紀は咄嗟《とっさ》に桃と千鶴がアイコンタクトをとっていたのを見逃していなかった。三対一になって変な空気にならないよう、二人なりに気遣ってくれたのだろう。

「勝ったね。ウチと桃の機動力があれば、調査は一瞬だよ」

しかし公子は涼しい顔で真紀の挑発を受け流す。

「パートナーが暮志田で良かった。どうせ、バタバタ駆け回るつもりもないしな」

頭にきた。真紀には見えないものが見えているとでも言いたげだ。

「ちょっと一階の事務室行ってくるから。また連絡するネ」

真紀は桃の手を引くと、勢いよく教室を後にした。


「多分さ、因幡先生ってパソコン使えないか、苦手だったんだと思うヨ」

事務室への道すがら、真紀は桃を相手に自分の考えを開陳《かいちん》していた。

「どうしてそう思うの?」

「教室の備品にパソコンと繋げられるプロジェクターがあったから。ホワイトボードにいちいち書くより予《あらかじ》め用意しておいたスライドを映した方が効率いいでショ?」

まあ、一回きりの講座だからスライドを作らなかったという可能性もあるが。

「そして因幡先生がパソコンが苦手だったとすれば、あのポスターだって作成を誰かに頼んだ可能性があると考えられないかナ?」

「それはあるかもね。イメージだけ伝えて『こんな感じでよろしく』ってお願いすればいいもんね」

桃が同意してくれたことで自信が湧いてきた。

「でしょ? 新撰組の話をするつもりがあるからこそ、背景に新撰組っぽいシルエットを入れたんだと思うんだ……」

そこまで言って、真紀は事務室に入ろうとしている近松の姿を発見する。ハンカチをスーツのポケットに押し込もうとしているところから、トイレに寄った帰りだと推察される。

「行くヨ」

真紀は桃に断りを入れると、近松の前まで一息で駆け寄った。

「あの、よろしいですか?」

近松は二人の姿を認めると一瞬、眉をハの字にする。

「いや、返金やチケットの返還のことは……」

「あ、そっちじゃないんです。ウチら、その辺の事情はもう解ってるんで」

真紀が念押しすると、近松は露骨《ろこつ》に安堵《あんど》した表情になる。クレーム対応で相当参っていたようだ。

「実はこのポスターをデザインした方にお話を伺いたくて。ちょっとでいいんですけど」

真紀の申し出を近松はきょとんとした顔で聞いていた。

「……駄目ですか?」

「いや、大丈夫。というか、あれデザインしたの僕だから」

近松は破顔《はがん》して答える。急に気安い口調になったのは緊張から解放されたせいだろうか。

「……ここだといつまたクレームが来るか解らないから、中の僕のデスクまで来てくれるかな」

願ってもない申し出だ。真紀たちは近松に先導されて事務室に入った。

昼に近い時間ということもあって、事務室の中は仕事をしている者とくつろいでいる者が半々ぐらいだった。どことなく放課後の学校の職員室を思わせる雰囲気だ。

「あちこち散らかってるけど、うっかり肘とか引っかけて崩さないようにね」

近松の注意通り、確かにどのデスクも本や書類で埋まっている。しかし慎重に歩いた末に辿《たど》り着いた当の近松のデスクは存外片付いていた。目に付く紙といえばパソコンのディスプレイの端に貼ったメモ代わりのポストイットぐらいだ。どうやら近松はなるべく電子ファイルで済ませるタイプと見た。

「ちょっと待ってね」

近松はスリープ状態のパソコンを起こすと、すぐにデザインソフトを起動させ、例のポスターのデータを呼び出した。

「これだよね?」

「そうです。どんな指示があったんですか?」

「確か……『なんか幕末って感じのデザイン作って。偉人を背景にするのが一番キャッチーだけど、写真の著作権とか面倒だから上手く誤魔化《ごまか》して』みたいな指示だったかな。パパッと三時間ぐらいで作ったやつだよ。黒いシルエットにしても誰か解るように、実際の写真を加工するのがちょっと大変だった」

随分と因幡らしくない指定だ。講座であんなにきっちりと話をしていた人がそんな適当なことを言うだろうか。

「因幡先生がそんなことを？」

「いや、因幡さんからは特に聞いてないよ」

近松からの予想外の返事に真紀は面食らった。

「え、それでどうやってポスターを作ったんですか？」

横の桃が当然の疑問を口にする。

「ああ。厳密に言うと少し前までは別のポスターだったんだ。見る？」

「お願いします」

近松はポスターのウィンドウを少し左に避けると、すぐ右隣に新しいウィンドウを開いて以前のデータを呼び出した。

「……ね、地味でしょ？　差異は背景だけなんだけど」

近松が同意を求めてきて、真紀も桃も思わず肯《うなず》いてしまった。

黄土色《おうど》やウグイス色がベースの背景で、人物のシルエットなどどこにも見当たらない。一応、字は白抜きにしてあって読みやすいのだが、そもそも読む気が起きないというのが致命的だ。

「確かに、これだったらあたしも申し込んでないかも……」

二つ並べるとはっきり解るが、現バージョンに比べると随分と地味で、壁紙と間違えられてもおかしくないぐらいだ。本当に必要な情報だけ載せましたという感じがする。

「ポスターに載せるべき情報を因幡さんから貰っておいて、それをデザインテンプレートに流し込んだんだ。因幡さんに見せたらこれでいいって返事だったんで貼り出した。けど、予定日の二週間前になっても申し込みが全然集まらなかったんだ。一ヶ月半掲示してるのにだよ？　だから清澄《きよすみ》さんに報告したらさっきの指示が返ってきたわけ。それで新しいデザインに差し替えた途端に満席だ」

「清澄さん？」

どこかで目にした名前だが、思い出せない。確か、ここに申し込みをする際に見たような……。

「この春からこの四谷文化センターの理事になった人だよ」

近松に言われて思い出した。案内パンフレットに写ってた、キツネ目をした胡散臭《うさんくさ》そうなおじさんが確かそんな名前だった。

「親会社で出世コースを外れたって聞いてたから、あんまり期待してなかったんだけどね。けど流石《さすが》にエリートだ。まだ四月五月だけの結果しか解らないけど、受講申し込み数は前年比でアップしてる。いや、前がそんなに悪かったわけじゃないけど、なんだかジリ貧だった気がしてね」

つまり近松は清澄新体制を歓迎しているということだ。

「待って下さい。それで、因幡先生は新しいポスターの仕上がりをチェックされたんですか？」

「いや、事後承諾だよ。文言には手を入れてなかったし、とにかく期限が迫ってたから作ってすぐに貼り出した。わざわざ因幡さんにチェックを求めなくてもいいと清澄さんにも言われたしね」

真紀にはもうセンター内の力関係がはっきりと見えていた。清澄理事は随分とワンマンで、一講師に過ぎない因幡のことをないがしろにしているようだ。

「でもポスターのデザインをいきなり変えろって言われて、変だと思わなかったんですか？」

「変は変だけど、前のポスターがぱっとしないのは確かだったし、それで人が来るなら結果オーライかなって……」

気がつけば近松に桃が不審な視線を向けていた。考えれば小学生だっておかしいと解る理屈だ。

「あの、もしかしてその清澄さんと因幡先生は仲が悪いんですか？」

桃がそう訊ねた瞬間、近松の眼が泳いだ。そして何事かを口にしかけてやめると、ゆっくりと息を吸い込んで吞み込んでしまった。

「駄目だよ桃。近松さんを困らせることを言っちゃ」

近松が言いかけた言葉は気になったが、あの吞み込みようだ。それこそ腹を殴りでもしない限り出てきそうにない。

組織にいる人間として答えられないこともあるだろう。

「あー……察してくれて助かるよ。僕としても上の悪口ととられかねないことは外部の人に話せないからさ」

「では最後に一つだけ。因幡先生は新しいポスターを見てなんと？」

「『そうか。ありがとう』とだけ」

「本当にそれだけですか？」

「……実際はかなり寂しそうだった。ごめん。いや、君たちに謝っても意味がないんだけど」

真紀は近松の言葉を聴きながら考える。

因幡と清澄の不仲がもし今回の一件に関わっているのなら、無視するわけにはいかない。しかし四谷文化センター内にそんなことを教えてくれそうな人間がいるだろうか？

「……そうですか。ありがとうございました」

いや、いる。少なくともこのビルで情報提供者を探すより手っ取り早い方法があるではないか。

真紀はニッコリ笑って近松にこう訊ねた。

「ところで帰る前に因幡先生のお見舞いに行きたいんですけど、どこの病院か解りますか？」

＊

真紀たちが出ていってほどなくして、後片付けのために教室を追い出された千鶴と公子は特に目的地もなくビル内をうろついていた。

どうも公子は歩きながら何かを考えているらしかった。千鶴はそんな公子にしばらくの間遠慮していたが、どうしても訊いておきたい疑問を思い出し、沈黙を破ってしまった。

「……あの、三方さん。どうして神原さんの考えが違うって思ったんですか？」

唐突な質問を受け、公子は千鶴の顔をじっと見つめながら答える。

「まあ、単純な話だ。まず新撰組は『崩した者たち』ではないからだ。むしろ倒幕《とうばく》派だった維新志士たちの敵だったわけで……それに彼らの話をするためには会津《あいづ》藩《はん》と佐幕《さばく》派の話をしないといけない。とてもじゃないが時間が足りないな」

ポスターの印象に引っ張られていたが、言われてみるとそうだ。少なくとも新撰組だけはない。だから真紀の考えをあっさりと否定できたのか。

「でもそうなるとやっぱり『崩した者たち』として、維新志士たちの話が後に控えていた可能性は否定できないような……」

「それに関しても否定できる根拠があるんだ。暮志田、維新志士と言われて浮かぶ藩は？」

「え……長州《ちょうしゅう》藩に薩摩《さつま》藩、それと土佐《とさ》藩。あとは……」

何か一藩あった筈だが思い出せない。中学受験で憶えたのにもう記憶が曖昧《あいまい》になってしまっている。

「佐賀《さが》藩、だな」

公子が教師のような余裕で答える。

「いわゆる薩長土肥《さっちょうどひ》だ。しかし佐賀藩は倒幕にはあまり嚙んでないからな。一般的なイメージとしては暮志田の挙げた薩長土が妥当だろう」

公子の口から歴史用語がスラスラと出てくるのは通ってる娘心館《じょうしんかん》の授業が進んでいるせいか、

それとも個人的な趣味なのか……いずれにせよ、四人の中で日本史に一番詳しいのは公子で間違いないだろう。

「さて、薩長土の共通点はなんだと思う?」

鹿児島、山口、高知……強いて言えば西日本だ。

「に、西にあるってことでしょうか? あと外様《とざま》の藩ですよね」

千鶴はそう口にしながら赤面していた。まるで小学生みたいな答えだ。

「西、外様……まあ、正解だ。正確に言うと関ヶ原の合戦で徳川家と敵対して豊臣家についた西軍側の国ということだな。

そして戦後は関ヶ原で味方をしてくれた者は優遇し、反対に敵になった者は冷遇した。これはまあ、当然のことだな。飴《あめ》と鞭《むち》だよ」

西軍についた結果、外様にされたということだからそう的外れなことを言ったわけではない。しかし千鶴はあんな風に答えてしまった自分が恥ずかしくて仕方がなかった。

「まず薩摩藩は島津《しまづ》家だな。島津家は関ヶ原後に上手く立ち回ったお陰で元いた領地を奪われることはなかったが、そもそも薩摩藩内の農地は米作りに向いていなかった。しかし収穫高の計算は土地の面積ベースで行われるから税は実質的に重くなる。収入はそれほどないのに税で沢山《たくさん》取られて、おまけに多数抱えていた武士たちにも給料を払わないといけない。財政は常に火の車で、幕府に謀反を起こすどころではないという状態におかれていた。

次に長州藩、毛利《もうり》家だな。元々治めていた豊かな広島の領地を奪われて、比べものにならないほど鄙《ひな》びた山口の外れに追いやられた。以前と比べて信じられないぐらい貧乏になったから、財政を立て直すのに本当に苦労したらしい。

土佐藩が一番悲惨かもしれない。元々土佐を支配していた長宗我部《ちょうそかべ》家が関ヶ原後に追放され、新たな領主として幕府から山内一豊《やまうちかずとよ》がやってきたことが悲劇の始まりだ。当然、一豊も自分の一族や家臣を連れてきたわけで……同じ武士とはいえ、新支配者層と旧支配者層が一つの土地に収まって上手くいく道理がない。だから一豊は一族や家臣たちを上士《じょうし》、長宗我部時代からの武士たちを郷士《ごうし》と定めた。そして上士を優遇し、郷士を冷遇した……まあ、これもミニマムな譜代《ふだい》と外様だな。更に恐ろしいことにこの身分差別は幕末まで徹底された……坂本龍馬《さかもとりょうま》が幕府のシステムに疑問を抱いたのも、龍馬が郷士の出であることと無関係ではないと思う。

とまあ、いずれの藩も幕府に敵対する動機があったということだ。日本のどこかで維新志士たちが突然誕生したわけじゃない。幕府の支配に疑問を持つ者たちの思いが二百数十年かけてようやく結実した……そう考えるべきだろうな」

まるで立て板に水のお手本のような調子で語り終えた公子を、千鶴は驚きの眼差しで見つめてしまった。

「す、凄いですね。三方さん……」

「大したことじゃない。全部先人の史観の受け売りだ」

しかし単なる受け売りだったら何も見ずにここまでスラスラ話せないと思う。おそらく公子にはこの時代への強い関心があるのだろう。

「とまあ、本当に維新志士の話をしようと思ったら、システムを構築する過程で幕府が薩長土にどんなえげつない行為を行ったかについて触れてないとおかしいんだ。しかし思い返すと具体例は大坂の陣ぐらいだ。いくら尺が限られていても、たった今私が話したことぐらいは触れておく余裕はあったと思う」

もう少しゆったり目に話すとしても、薩長土の説明は五分あったらできるだろう。中盤の「維持した者たち」の話題を一つか二つ削ってでも話すべき内容である気がする。

「だから因幡先生が話すつもりだった『崩した者たち』というのは、おそらく外部ではなく内部だろうな……だからこそ『維持した者たち』の話が長かったのだろう」

内部? それはどういう意味なのだろうか。

「けど、ポスターには維新志士が……」

「そう。だからこそ因幡先生の意に沿わないデザインのポスターが掲示されたというのが問題になってくる。想像だが、因幡先生とセンターとの間に何か軋轢《あつれき》が生じているのだろうな」

考えただけで気が滅入ってくる話だが、公子の見立てはそう的外れではないような気がした。

「まあ、その辺の事情は神原が調べてくるだろう。事務室へ向かったからな。さて、私たちはどうするか……」

「あの、ちょっと考えたんですが……」

千鶴は小さく挙手をして公子に声をかけた。公子の思考を遮《さえぎ》るのは申し訳なかったが、どうしても確認しておきたいことがある。

「どうした？」

「因幡先生が日本史にとても詳しいのなら、あのポスターに合わせて講演内容を組み直すこともできたんじゃないかなって思ったんですけど……無理でしょうか？」

自分でも思いつくことなのに、公子が思いつかない筈がない……そんな気持ちが千鶴を少し卑屈《ひくつ》にさせていたが、予想に反して公子は微笑《ほほえ》みで応じた。

「いい視点だな。確かにそれは思いつかなかった」

「……ありがとうございます」

「できるかできないかで言えば、きっとできただろう。実際、講師として稼ごうと思ったら真面目に歴史の話をするよりも適当に維新志士のエピソードを面白おかしく紹介する方が遙かにウケがいいような気もする。

しかしそんなことぐらい因幡先生も承知の上だろう。どう考えても敢《あ》えてそうしなかったとしか思えない。維新志士の話を期待してきたお客に、幕府の政策の話を延々と聴かせてもリピーターにはならないだろう。

だからこそ……利益を度外視してまで伝えたかったことが何だったのかというのが気になるんだ」

「あれ？　美味《おい》しそうな匂いがしますね……」

ふと千鶴はどこからともなく食欲をそそる匂いがしているのに気がついた。そういえば、すぐ近くの教室から聞こえてくる講師の声にも聞き覚えがある気がする。

「なるほど、旗手《はたて》先生の料理教室……」

旗手は四人が最初に出会った講座を担当していた講師だ。気さくな人だったから教えてくれるかもしれない。

「丁度いい」

公子は軽く手を打つ。何か閃《ひらめ》いたようだ。

「もう講座も終わりそうだし、旗手先生に直接訊ねてみよう。因幡先生のことを何か知ってるかもしれないな」

*

「近くに病院があって良かったネ」

因幡が運び込まれた病院は四谷文化センターから徒歩で五分もしないほどの場所にあった。

「さっき事務室で職員さんたちの会話を聞いた感じでは、因幡先生は普段からここに通院してたみたいだよ」

だとすれば不幸中の幸いだったことになる。例えば電車に乗っている最中に倒れたらまた別の結末が待っていたのかもしれないのだから。

それなりに大きな病院ではあったが、ロビーには人影が少なかった。そういえば今日は日曜、休診日なのだろう。

さて、どうやって面会を求めようか。今日働いている人たちはそこまで忙しくない筈だから話ぐらい聴いてくれるとは思うが……。

「どうかしましたか？」

受付の手前で悩んでいると通りかかった女性看護師が声をかけてくれた。おそらく真紀の母親ぐらいの年齢だろう。

真紀は心細そうな雰囲気を心がけて看護師に話しかけた。

「あの、私たち四谷文化センターで因幡先生にお世話になってる生徒なんですけど……」

「ああー、因幡さんの。実は私もあそこに通ってたの。最近はご無沙汰《ぶさた》だけど」

用件が個人的な見舞いと解ったためか、急に気安い言葉遣いに変わった。あるいは向こうは向こうで真紀たちのことを自分の子供ぐらいだなと思っているのかもしれない。

「因幡先生の病室はどちらですか？」

たった数十分でもお世話になったのは間違いないので、嘘はついていない。ただこの看護師が勝手に早合点しただけだ。

「因幡さん、もう意識は戻ってるけど今は検査中なの。まあ、多分入院はしなくても大丈夫そうだから、検査が済み次第会えると思うわよ」

看護師の名札には『菅田《すがた》』とあった。真紀は既にこの菅田に狙いを定めていた。因幡といつ話せるのか解らない以上、別のルートで情報を得る方が早い。

「因幡先生、どこか悪かったんですか？」

「悪いというかなんというか……」

　おそらく萱田は患者の秘密をどこまで話してしまっていいのか悩んでいるのだろう。何か一押しが必要だ。

「あの、また同じことが起きないように、生徒のあたしたちで気をつけられることってありますか?」

　桃、ナイスアシスト。

　萱田はしばし天井を睨《にら》んだ後、誰に向けてでもなく肯いてから、真紀たちの顔を見つめた。どうやら話してくれそうな感じだ。

「因幡さんは日頃から血圧がとても高くてね。降圧剤を日常的に服用してるの」

「降圧剤?」

「簡単に言うと血圧を下げる薬だよ。ウチのお祖父《じい》ちゃんも飲んでる」

　桃の疑問に答える体《てい》で、降圧剤について一定の知識があることを萱田にアピールしてみた。これで萱田から情報を円滑に引き出せるようになれば儲けものだ。

「勿論《もちろん》、一口に降圧剤と言っても色々な種類があるんだけど、因幡さんが飲んでいたのはカルシウム拮抗薬ね。知ってると思うけど血圧があまりに高すぎると、血管が破れて大変なことになるの。けどカルシウム拮抗薬には血管を拡張する効果があってね。血管をいくらか拡げることで、その分だけ血圧を下げられるの」

　おっと、危ない。降圧剤は血流そのものを弱めて血圧を下げるものだとばかり思っていた。

迂闊《うかつ》に口にしなくて本当に良かった。

まあ、真紀は専門家の前であやふやな知識を晒《さら》したりはしないが。かように、知ったかぶりにも技術が必要なのだ。

「それでね、ここからが大切なんだけど……もしセンターでフルーツを使ったデザートを作ることがあっても、因幡さんにグレープフルーツの入ったものを勧めるのはやめてね」

「グレープフルーツがいけないんですか?」

桃が不思議そうにそう訊ねる。その様子を見て、真紀はしばし黙って菅田の話を聴くことにした。相づちは桃に任せた方が不自然さが出なくていい。

「そう。カルシウム拮抗薬は身体の中で分解されるようになってるの。飲んだ直後に拡張された血管が拮抗薬の分解が進むにつれ徐々に元に戻っていくイメージね。けどグレープフルーツにはカルシウム拮抗薬の分解を邪魔する成分が含まれてるの。元々、体内で少しずつ分解される前提で処方されてるから、分解されないと血管の拡張作用が強く出すぎて大変なことになるの」

「因幡先生みたいにですか?」

「まさしくね。強い動悸《どうき》や目眩《めまい》が出て意識を失っちゃうの。最悪、命を落としてもおかしくなかった」

「じゃあ、因幡先生はグレープフルーツを?」

「そうみたい。どうも心当たりがあるようで『うっかりしてた』って。まあ、少し前に常用の降圧剤をカルシウム拮抗薬に変えたから、グレープフルーツのことを忘れてたのかも。勿論、処方前に説明はしてるけどね」

萱田は相手が中学生だからって適当な説明で誤魔化そうとしない。つまり、まともな大人だ。目的のためとはいえ、嘘すれすれの言葉で情報を引き出してしまったことに少しだけ罪悪感を覚えた。

「けど因幡さん、ちゃんと生徒さんに慕われてるみたいで良かった」

その萱田の言い回しがやけに引っかかった。

「……それって因幡先生に人望がないって意味じゃないですよね？」

「ああ、言葉が足りなかったね。因幡さん、少し前までセンターの職員さんだったの。最終的には理事まで務められて……本当に立派な方よ」

真紀は思わず桃と顔を見合わせる。つまり清澄理事の前任者が因幡ということになる。

新たな事実から真紀の中で恐ろしい仮説が浮かび上がってきた。

清澄が因幡に何か弱みを握られていると考えていたらどうだろう。弱み……前理事だからこそ見える事実はそれなりにある筈だ。清澄がそんな因幡の存在を疎《うと》ましく思ったら、殺害されたっておかしくない。

もしかして清澄は因幡の降圧剤のことを知っていて、因幡を殺すためにどうにかしてグレープフルーツを摂らせたのではないだろうか……。

「……因幡さんってね、とっても真面目に私の講座を探してくれた人なんだ」

「なんか、そんな感じしますね」

桃の相づちに合わせて、解っているように肯く。真紀は自分の仮説を組み立てるのに忙しかったから桃が菅田と話してくれて丁度良かった。

「勤務の合間でも読書が楽しめるようにって、文学講座を紹介してくれた。もう十年ぐらい前の話かな。それで私、その時に背中を押してくれた言葉が忘れられなくて」

「どんな言葉だったんですか？」

「『確かに教養なんてなくても生きてはいける。しかし教養があれば長い人生、お金がなくても退屈せずに済む』って……これ、本当にそうだった。私、昔は重度の買い物中毒だったけど、本が好きになってからピタッと治ったから」

「本当ですか？」

「うん、本当よ。まあ、今度は読めないぐらい本を買うようになったんだけど……それでもブランド物を片っ端から買おうとしてた時代を考えるとずっとマシ」

そうだ。このエピソードを聴く限り、因幡は金を必要以上に重要視していない。しかし清澄はその正反対の人物のような気がする。

「ありがとうございました」

因幡とは直接話せなかったがもう充分だ。センターの事務室ですぐに確かめないと。

＊

千鶴たちは少し前まで旗手が授業をしていた教室に入った。勿論、授業が終わって受講者たちが出ていったタイミングを見計らってのことだ。

「ああ、君たちか。料理の腕は上がったか？」

旗手は開口一番、冗談めかした口調で千鶴にそんなことを言った。

「一応、あれからお弁当を作るようになりました……」

「そりゃいい。とりあえず自分の舌を満足させられるように頑張りなよ」

どうやら旗手は後片付けを始めるところだったらしい。邪魔しては悪いから、手短に済ませなければ。

「ところで旗手先生。講師の因幡先生のことご存じですか？」

公子の問いに旗手はあっさりと首を縦に振る。

「知ってるも何も、元雇用主だよ」

「雇用主って……因幡さんは講師ですよ？」

「いや、合ってるよ。だって因幡さんはこの間の三月まで理事をやってたんだから」

それは流石に予想ができなかった。

「俺もあまり詳しくはないが、因幡さんが新卒でここのセンターで働き始めたのが三十数年前。

以来、ずっとセンターのために尽力してきたらしい。最後の三年は理事として様々な改革に取り組んでいたそうだ。そしてついこの間、円満退職と相成ったってわけさ。

もっとも現理事の清澄さんが事前に親会社に働きかけて、因幡さんが次に就けそうなポストを念入りに潰しておいたという話も聞いたな。自分にとって一番邪魔になるのが因幡さんだと思ったのか、それとも個人的に嫌いだったのか……その辺は当人たちしか解らないけどさ。けど実際は因幡さんは講師としてここに関わり続けることを選んだ。カルチャーセンターの役目について色々考えた結果らしい。まあ、言葉の裏を読めば、清澄新体制に不安があるということなんだろうけどな」

「あの、そんなこと話して大丈夫なんですか？」

千鶴は周囲を窺いながら、小声で囁く。確かに教室には三人きりだが、壁に耳あり障子に目ありと言うではないか。

「ほら、俺って一応人気講師だから。多少、アレなこと言ってもクビにはならないよ。清澄さんはそういう方針でやってるから」

そう言って旗手は笑う。まあ、本当に人気があればここをクビにされても引く手あまただろう。

「ところで、カルチャーセンターの役目とは？」

公子がそんなことを訊ねた。千鶴には解らないが、公子なりに何か引っかかることがあったらしい。

「んー、そうだな……例えば三方さん、本好きだよね？」

「はい」

「いつから本を読むようになった？」

「小学校高学年になるぐらいにはもう。家に両親や祖父母の蔵書が沢山あるので」

千鶴はなんとなく、公子が日本史に詳しいのは両親か祖父母の誰かの影響ではないかと推測した。

旗手は公子の返事に満足そうに肯く。

「三方さん、君にとってはそれが当たり前の環境かもしれないけど、それって凄く恵まれてるんだぜ？」

「確かに我が家の蔵書は多い方だとは思いますが、世間の家庭にはそんなに本が少ないのでしょうか？」

「極端な例を挙げるぞ。ウチの家なんて両親が本読まねえから、本読めって言われても全然読む気にならなかったな。多分、昔付き合った彼女が本好きじゃなかったら今でも料理関係の本以外は読まない生活を送ってただろうな」

旗手はそこまで言って、「おっと、話が逸れた」とバツが悪そうに付け加える。

「まあ、人によっては教養を獲得するのがとても大変な場合もあってさ。そういう人たちに教養を与えるのもカルチャーセンターの役目なんだ」

カルチャーセンターにそんな面があったなんて思ってもみなかった。そういう意味では千鶴もまた恵まれた環境に育ったということなのだろう。

「けどカルチャーセンターってさ、そんな歴史の長いもんじゃないんだよな。学校から出たら勉強はもう終わり、お父さんは定年まで必死に働いて下さい。お母さんは頑張って子供を一人前に育てて下さい……みたいな価値観の時代があったんだよ。まあ、いくらか大袈裟《おおげさ》に言ってるけど、ニュアンスは伝わるな？」

「なんとなく」

「そこに異議を突きつけたのが生涯学習って考え方だ。人の勉強に終わりはなく、人は望んだタイミングで望むことを勉強するべきだってね……こういう発想を背景にしてカルチャーセンターは誕生して、日本中に普及していったわけだ。

そして因幡さんはカルチャーセンターの黎明《れいめい》期から働いているわけで、いわばこの業界の第一人者だ。

まあ、この業界も生涯学習を謳《うた》ってはいるけどそこはやっぱり商売だから。金と暇と意欲がある人間をターゲットにしてたのは間違いないだろうけど、地方でもちょっと大きめの街ならカルチャーセンターがあるってのは割と凄いことなんだぜ」

「言われてみれば……確かにそうですね」

もっとも千鶴は生まれてこのかた、東京を出た経験がほとんどないのだが。

「しかし景気がいい時代に発展したものは景気が悪くなるとキツい。公立の生涯学習センターもばんばん開設されてるし、何より今はネットがある。学ぼうという気があれば元手をそんなにかけなくてもどうにかなる時代だ。このセンターだけでなく業界そのものが先の見えない下り坂に入ってる。そんな苦しい状況で因幡さんはあれこれと改革に取り組んだ。カルチャーセンターの新しい役目を模索しながらな。

改革を一つ一つ挙げてたらキリがないけど……そういえば君らが申し込んでたトライアル5コースも因幡さんのアイデアから生まれたんだ。何を学んでいいのかも解らない状態からまず自分に合いそうな講座を見つけて下さい、という因幡さんなりの思想が見えるな」

「しかし今の理事は清澄という人ですよね。因幡先生の方針を引き継いでるんですか？」

公子がそう訊ねると、旗手は首をゆっくりと横に振った。

「いや、別の方向に行っちゃった。人気講師招聘《しょうへい》によるテコ入れと不人気講師の首切りみたいな解りやすい改革に手をつけてるよ。でも最近、体感的には繁盛してきたような気がするな。俺の料理教室も申し込みが増えてきたから、来期からもう一講座増やすかどうか検討中だ」

「じゃあ、やっぱり清澄さんの経営者としての実力は本物なんですか？」

しかし千鶴の問いに旗手は肩をすくめてみせた。

「それは俺にも解んないよ。確かに成功してるように見えるけど、就任即結果が出る改革ってなんだよって話になる。実際、視点を変えたら因幡さんがやってた改革の結果が出る前に因幡さんを追い出して、手柄を横取りしたようにも見えるしな。まあ、今となってはもうどうにもならないことだけど。所詮《しょせん》、親会社にとっては他人事だから。同業他社より大きく負けてなければそれでいいんだ。そして清澄さんは清澄さんで親会社に帰りたいだけだ。本当の意味でこのセンターのことを考えてた人を追い出してしまったのかもしれないな」

そう言うと旗手は近くに積んであった汚れた皿に手を伸ばした。話はこれで終わりということだろう。千鶴たちは礼を述べて、教室を後にした。

*

真紀は失意とともに事務室から退出した。

「絶対に犯人だと思ったのにネ……」

「え、犯人？」

真紀は清澄が因幡を殺そうとしていたのではないかという推理を、桃にかいつまんで説明した。

「それで清澄さんのアリバイを近松さんに訊いてたんだ」

「そう。でもまさかの中国出張とはね……」

流石に詳しい用向きまでは教えて貰えなかったが、清澄は昨夜羽田《はねだ》空港から上海《シャンハイ》に向けて発《た》ったそうだ。近松が空港まで車を運転し、出国ゲートをくぐるところを見届けたという以上、日本にいないのは間違いないだろう。

「おまけにどこでグレープフルーツを摂ったのか、あっさり判明しちゃったしサ」

今朝、近所のハンバーガーショップで因幡が小松菜のグリーンスムージーを買っている姿をある職員に目撃されていた。

「うん。摂らされたとかいう以前に完全に自分の意志で買ってたみたいだし。きっと野菜ジュースのイメージで注文したんだろうね」

「多分ね。グレープフルーツジュースが入ってるとも知らずに……」

別々の方向から挟み撃たれるような形で、真紀の推理は完全に否定されてしまった。持てる技を全て使って辿り着いた推理なのにあんまりだ。どうやら公子との勝負は負けらしい。

真紀は久々にがっかりした気持ちになり、ロビーの椅子に腰を下ろした。

「……ねえ、マキちゃん。どうしてミカちゃんに突っかかるの？」

桃はそう訊ねながら隣に座った。幼そうな外見をしていても、中身はちゃんとしっかりしている。

「……突っかかってるように見えた？」

「そこそこ。険悪じゃないけど少し仲悪いかも、みたいな雰囲気」

「うん。だいたい合ってる」

「どうしてなの？」

「人生をゲームみたいに思った瞬間ないかナ？」

桃は答えなかった。

「……ウチはさ、中学受験を始める頃からそう思い始めたヨ。勿論、受験もゲームだヨ。国語算数理科社会を能力のパラメータに見立ててサ、勉強時間をどう割り振ったら効果的に伸ばせるのか考えながら勉強するんだ」

「楽しそうだね」

「楽しかったヨ。ただ、問題はウチは自分で思っていたよりは勉強ができなかったことだネ。もう少し頭いい筈だったんだけど……だから大学までエスカレーター式で上がれる学校を選んだ。大学受験から逃げて、その分上手いことやってやろうってね……実際、上手くやってるつもり。本当に要領いいんだ、ウチ。きっとどこに行ってもなんとかなると思う」

自分で説明していて情けなくなってきた。

「……引いた?」

「ううん。マキちゃんが物知りで、視野が広い理由が解ってすっきりした。確かにあたしには真似できなそう」

「桃は真似しなくていいよ。ウチの知ってることなんてそんな大したことじゃないから」

思えばこの三年ぐらいで知らなくてもいいことばっかり知った気がする。ある集団でのルールや常識に詳しくなっても、他所《よそ》に行けば途端に価値がなくなる。

「……だからミカに嫉妬してる。ウチがゲームにかまけて勉強を怠《おこた》った間、ミカは確かな教養を身につけていたんだから。正直、恥ずかしくなるよネ」

同世代より世間の仕組みに詳しいと自負していても、本当の物知りの前では自分が取るに足らない存在ということを思い知らされる。

「こんなところにいたのか」

はっと顔を上げれば、目の前に公子が立っていた。千鶴も一緒だ。

「……ウチの話、聴いてた？」

「何をだ？」

公子はいつものポーカーフェイスで応じるので、とぼけているのかどうか判断できない。

「それより答えは出たか？」

真紀は大袈裟なゼスチャーでＮＯを伝える。

「こっちは行き止まり。誰が江戸幕府を崩したのか、先生が語る筈だった答えを教えてよ。なるべく簡潔にサ」

「解った。簡潔になるよう努力する」

公子は真紀の前に立ったまま、軽やかな口調で解説を始めた。

「江戸幕府を崩した者たちの代表として出てくる維新志士たちだが、彼らはあくまで外から崩した者たちだ。しかし彼らの話は今回の講座にはそぐわない。暮志田には詳しい説明をしたが、要は前フリ不足だ。ということは、中から崩した者たちの話をするつもりだったと考えてる」

「中からって……幕府の役人の中に裏切り者がいたってこと？」

真紀には公子の言いたいことが未だに解らない。

「裏切り者というのはニュアンスが違うな。何故なら彼らはむしろ家康の遺志を守っていた筈だからな」

「……遺志を守っていたのに、幕府を崩したっておかしくない？」

「いや、おかしくないんだ。何故なら江戸幕府というシステムを維持してきたのが幕府の役人たちなら、崩したのもまた同じ幕府の役人たちという話だからだ」

「家康は自分の死後も幕府が長く続くようにと、様々なことを見据えてシステムを設計した。けれど、家康には見通せないものもあった。例えば蒸気機関の発明だ。蒸気機関のお陰で船舶は家康の時代から想像もできないぐらいに恐ろしい進化を遂げていた。幕府の役人たちも黒船を見て彼我《ひが》の間に圧倒的な技術差・戦力差が存在していると理解して、ついに重い腰を上げたんだ。だが、もう手遅れだった。そうしたものがこの世に誕生した時点で鎖国政策は本来の意味を失ったんだ」

「ああ……けど役人たちはそれでも家康の遺志を守った！」

真紀の言葉に公子が肯く。

「たられぱの話だが、幕府が存続する可能性はあった。例えば黒船来航のいくらか前から諸外国が積極的に日本に接触しようとしていた。そこでどこかの国と取引をし、蒸気機関の知識や技術を手に入れていれば、黒船ほど立派なものは作れなかったにせよ、また違った結果になったかもしれない。

しかし現実はある時は武力で追い返し、ある時は玉虫色の返事で誤魔化して問題を先送りしただけ……何か不手際があったら誰かが理不尽に責任を取らされる時代だ。だったら問題をなかったことにする方が賢い」

その言葉は真紀の胸に深く突き刺さった。きっと自分が彼らと同じ立場だったらそうしただろうという気がするからだ。

「家康の遺志を頑《かたく》なに守り、勝手な造船を許さなかった結果がこの有様だ」

そうか。当時の日本の船の技術が遅れていたのは幕府が造船にまつわるあれこれを制限していたからという話はそこに繋がってくるのか。

「勿論、幕府の役人の中にも先見の明があった者はいたが、大抵は守旧派のような連中に潰された。幕府や日本の未来を考えて動いた者が報われず、彼らを潰した者が評価される……まさしくどこかで聞いた話じゃないか」

名前は出さなかったが、それは因幡と清澄の関係とよく似ている。

「以上が私の考えだが、何か疑問はあるか?」

「ない。ウチの負け。完敗」

公子は決して張り合うべき相手じゃない。むしろどこかで手本にするべき相手だ。いきなりは変われなくても、少しずつなら……。

「けど、やっぱりこれで納得してあげるのも癪《しゃく》だから……答え合わせがてら、もう一度みんなでお見舞いに行かない?」

真紀の提案に皆賛成してくれた。

「あなたたちには本当に迷惑をかけました。申し訳ない」

再度病院を訪ねると、因幡はもう病院を出る手続きを済ませた後だった。一応、因幡の息子が迎えに来るそうなので、それまで時間を貰えた。

公子が先ほどの推理を口にすると、因幡は唸《うな》り、そして恥ずかしそうな表情になった。

「ほとんど今の説明の通りです。私は清澄君のやり方に思うところがありました」

それはそうだろう。あんな厭がらせを受けて何も感じなかったら本当の聖人君子《せいじんくんし》だ。

「ただ、感謝している面もあります。ポスターのデザインを変更されて不愉快でなかったと言えば嘘になりますが、一方でそれが集客に繋がったのは事実です。一時は内容の変更を考えましたが、敢えて当初の予定通りに講座を進めました。だけど講座を私物化しようとしたバチが当たったのかもしれませんね」

グレープフルーツジュースをそうと知らずに飲んでしまったのは不幸な事故だが、それは決してバチなんかではない。

「……私は三十数年、この四谷文化センターで働いてきました。カルチャーセンターが人々にどのように受容され、広まっていったかをリアルタイムで体験することができたのは実に幸せでした。

しかし今や我々を取り巻く環境も大きく変わりました。知りたいことがあれば、答えだけならインターネットですぐに調べられますから。勿論、講師から体系立った知識や技術を習えるというのは大きなメリットでしょうが、景気が悪ければ金を出して学ぼうとする人間も減ります。だからこそ、カルチャーセンターの役目というものをもう一度真剣に見つめ直す必要がありました」

そう強い口調で言い切ってから、すぐに「勿論、これは私の個人的な考えですが」と付け加えた。

現代の変化のスピードは昔の比ではない。ほんの数十年前に妥当性があった考え方が、今ではもう時代遅れということは沢山ある。きっと家康にだってこれからの未来は読めやしない。

今日の題材に江戸幕府を選んだのはそういう理由もあったのだろう。

「現理事として清澄君が行っている施策は決して悪くないと思います。人を集めて、利益を出す……とても大事なことです。しかしそれは根本的な解決策ではなく、ただ破綻《はたん》を先延ばしにしているだけです。そして本人はおそらくそのことに気がついていない。あるいは解っていて知らん振りを決め込んでいるのか……」

清澄は親会社で出世コースを外れた人間だ。だからこそ目先の数字を追い求めて結果を出してすぐに返り咲こうとしているのではないか。

そう考えると、ずっと現場にいた因幡とはそもそも解り合える筈がない。

「しかし私は清澄君を憎みきれません。言い訳がましいでしょうが、彼は与えられた立場でただ思いつく限りの最善を尽くしているに過ぎないんです。きっと江戸末期の幕府の役人たちも同じように最善を尽くしていたのだと思います……誰が悪いわけでもないんですよ」

その意見には真紀も同意した。だが一方でこうも思う。このままあのゲームを続けていたら、いつ何時《なんどき》彼らのような目に遭うか解らない、と。

好きで選んだ道を歩いてるつもりが袋小路に向かっているなんて最悪の人生ではないか。それだけは絶対に避けたい。

真紀は唐突に、どうやったらその最悪の人生を避けられるのかを因幡に訊ねたくなった。

「あの……」

「どうしました？」

「……いや、なんでもないです」

真紀はその質問を呑み込んだ。そして代わりにため息を吐く。

真紀だけじゃない。誰だってそんな哀しい人生は望んでいない筈だ。だからそれはきっと気がついたら手遅れになっているというような性質のものなのだろう。おそらく因幡だって明確な回避法については解らないに違いない。

ウチはどうすればいいんだろう。

自分のプレイしているゲームが袋小路のようなエンディングに向かっていないことを祈るか、それともゲームを降りて別の道を探すべきか、もしくは全く違う選択肢があるのか……。

真紀はなんとなく公子を見た。

つまるところ、真紀がゲームをプレイしているのは不確実な将来に備えてのことだ。先の先までは読めないからせめて少し先を良くしていく……だが公子はそんな必死さとは無縁だ。それどころかまるで自身の数年後、数十年後まで解っているような余裕さえ感じる。

これがもし積み重ねた教養から来るものだとしたら……悔しいけどこの差は一生埋まらない

のだろうな。

「どうした？」

公子が不思議そうな表情で真紀の顔を見る。流石に真紀の心までは解らなかったようだ。

真紀はため息を一つ呑み込むと、苦笑いしてこう答えた。

「別に。少し気が抜けただけだヨ」

幾《いく》度《たび》もリグレット

水曜の夜、公子《きみこ》は自室で一枚の課題用紙を見つめていた。

課題の冒頭には「この物語を読んだ上で、自由に続きを書いて下さい」とある。

しかし提出は明日だというのに未《いま》だに公子には正解が解《わか》らない。

公子はため息を堪《こら》えて、改めて本文を読み返し始める。


ある港街、旅人は何気なく立ち寄った酒場で一人の老人に出会った。しかし老人は酒を飲まずにずっと何やら考え込んでいる様子だった。旅人は不思議に思い、声をかける。

「どうしましたか？　随分と悩まれているようですが」

老人はため息を吐《つ》くと、旅人に「少し私の話を聴いて貰《もら》えるか？」と返事をした。

老人の話によると、彼は木こりの家に生まれたが、幼い頃から芸術家になりたかったそうだ。

「昔から木や粘土を触っていると中に何かが埋まっているんじゃないかと感じる瞬間があったんだ。その一瞬を捉えて材料から作品を掘り出す……そんな気持ちで作品を生み出していったんだ」

彼はやがて木こりとして独り立ちしたが、それでも作品を制作することを止《や》めなかった。やがて制作し続けた作品の一つが美術評論家の目に留まり、彼は芸術家として認められるようになった。

「しかし木こりの仕事をしながらでは制作速度に限界があった。一日木を切った後は腕が震え、思うように作品が作れないからだ。しばらくは我慢してやっていたが、ある日思い切って木こりの仕事を辞めた」

「勇気ある決断です。制作に専念するためとはいえ、私にはとてもそんな勇気は」

「単に木こり暮らしが厭《いや》になっただけだ。そんな考えなしの性格のせいですぐに困ったことが起きたのだから、褒められた行動ではなかったのは確かだろう。

一日中制作に打ち込めるのは理想的な生活だったが、そうやって作った作品は思うようには売れず、たちまち困窮した。このままではまた木こりに戻らなければならないと悩んでいた頃、ある商人から副業で家具を作らないかと誘われた。職人ではなく芸術家が制作する家具だからこそいいとも言われたな」

「どうされたのですか？」

「引き受けたよ。テーブルや椅子ぐらいは作ったことがあったし、箪笥《たんす》もその気になれば作れる気がしたからな。勿論《もちろん》、作品制作に使える時間は減るが、木こりに戻るよりは遙かにマシだった。

しかしいざ始めてみると、家具では済まなかった。あれやこれや注文が多く、結局家を建てる羽目《はめ》になったんだ」

　家具作りを引き受けたというのに家を建てさせられるというのは酷《こく》だと旅人は思った。

「勿論、家を建てた経験なんてない。確かに床や柱、壁など個々のパーツは作れるが、それを組み合わせるとなると話は別だ。私は試行錯誤しながら、どうにか家のようなものを建てていった」

「それは完成したんですか？」

「ああ、本職の大工のものと比べたら不恰好だったがな。だが幸いにして私の建てた家は評判が良かった。おそらくは私自身が作った家具とも調和していたからだと思う」

「家具と家を合わせて一つの作品だったからでしょうか」

　老人は肯《うなず》く。

「そのお陰か、想像よりずっと大きな額の報酬も得られた。確かに芸術家として評価されたわけではないが、これもまた私の作品への評価だと思うと嬉しかった」

　旅人は老人の話しぶりから、その言葉に嘘はないという気がした。

「しかしあくまで私の本分は芸術、この頃には私は作品の制作に精を出したかった。ただ、家作りから完全に身を引く勇気もなかった。どうしても困窮した時の記憶が打ち消せず、稼げる内に稼いでおくべきだと感じたからだ。それでまたしばらくの間、家を建てることになった。作品制作の時間は相変わらず短かったが、一応は確保していた」

「良いことじゃないですか」

「どうだろうか。注文が途切れたらいつでも止めるつもりだったのだが、私の建てた家は依然として好評だった。そしていつしか評判は評判を呼び、更に他の商人たちとも取引をするようになった。まあ、相変わらず家具と家の注文だったがね。何度か美術品の依頼はないのかと探りを入れたが、色よい返事は貰えなかった。仕方がないので更に家を建てた」

「作品制作は継続していたのですか？」

「いや、その頃にはもう中断していた。勿論、続けたいという意思はあった。しかし家ばかり建てていた弊害《へいがい》か、昔のようなインスピレーションが湧いてこなくなったのだ。その事実から眼を逸らすように私は家を建て続けた」

「しかし家の評判は良かったわけですね」

「家の評判はな」

旅人は「では良いではありませんか」と相づちを打ちそうになって思いとどまった。きっとそれが老人の気分を害するとなんとなく解ったからだ。

「数年前のことだ……私は仕事中に意識を失った。医者の許《もと》に運び込まれて、どうにか最悪の事態だけは避けられたが、そこで私は自分がとても珍しい難病に冒されていたことを知った」

「お元気そうに見えますが……お気の毒です」

「私も信じられなかった。正直、今でもそうだ。だから何人もの医者にかかった。明日死んでもおかしくないと言う者もいれば、その日が五年後、十年後だと言う者もいた。結局、解ったのは死んでみないと解らないということだ」

老人は自嘲気味に笑う。

「まあ、その日は遠からずやってくるのだろうが……いつ訪れるか解らない死を覚悟しながら待つというのはなかなかにつらいものだな。気が滅入って大きなことをする気にもならない。そして私はようやく大きな後悔をしている。何故、家具や家を手がけてしまったのだろうと。未来が永遠にあると思えばこそ今を切り売りできた。しかし病で自分の錯覚に気がついた。永遠どころか一瞬先も怪しくなってからというのが実に皮肉だが」

旅人はかける言葉が見つからず、老人を眺めている。老人もそんな旅人の様子に気が付き、肩をすくめてみせる。

「後ろ向きなことばかり口にしているが、これでも身体と心はだいぶ回復した方だ。何年もかかったがね。しかしもう若かった頃の活力はない。何より先がないと思うと気力を保つのも一苦労だ。

だからどうしても遺作というものを意識せざるをえない。しかしいざ遺作をと思うとこれが実に難しい。制作に専念したいが、もう感性が錆《さ》び付いてしまったかもしれない。果たして満足のいくものが作れるかどうか……」

「家はもう手がけられないつもりですか?」

「家か……飽きるほど建てたな。もう一軒ぐらいは建てられるかもしれないが、今更という気分だ。

それに何を手がけるにせよ、未完成に終わるということも充分にあり得る。私はそれが堪《た》えられず、何もせずにいる。もしかすると今の私に作れるのはもう自分の墓ぐらいしかないのかもしれないな」

課題の『問題文』はそこで終わっていた。

公子は課題用紙を置くと、幾度《いくど》となく悩んだ謎について考え始める。

さて、私は旅人としてこの老人にどんな言葉をかければ良いのだろう?

＊

下校は一人が気楽でいい。

放課後、三方《みかた》公子は帰り支度《じたく》をしながらそんなことを思っていた。今は七月も半《なか》ば、テストの返却期間だ。

公子が席を立つと、教室に残っていたクラスメイトたちがひそひそと言葉を交わし始める。

どうせいつものことだ。

公子は特に気にも留めずに教室を出ていった。彼女たちに背中を向けている筈《はず》なのに、首筋や背に妙に熱い視線を感じる気がした。

公子が廊下を歩いていると、すれ違う者が皆会釈《えしゃく》をしてきた。公子も会釈を返すが、それでも誰も一緒に帰ろうと声をかけてきたりはしなかった。

これは別に公子が校内の嫌われ者だからというわけではない。むしろ逆だ。

公子の通う娘心館《じょうしんかん》学園中等部は都内でも屈指《くっし》の中高一貫女子校で、高三時に成績上位をキープしていれば大抵の大学に行けると言われている。

そんな娘心館で公子は未だに学年の十傑《じっけつ》から外れたことはなかった。

女性にしてはやや精悍《せいかん》な感じのする整った顔立ちと、中学二年生にして百七十センチに迫ろうとする長身、それといつも小難しい本を手放さない生真面目《きまじめ》な雰囲気が相まって、公子は同級生から熱い支持を受けていた。

だから一年の頃はよく色々な同級生から声をかけられた。だが公子とお近づきになりたくて声をかけてくる生徒と、何か実《み》のある話がしてみたい公子とで会話が嚙み合う筈もない。あまたの少女たちが公子に接近しては玉砕《ぎょくさい》し、公子の存在感は増していった。

今では上級生でも公子に一目置くようになり、完全に孤高の存在になってしまった。お陰で対等の立場で打ち明け話をするような相手もいない。

とはいえ、公子自身はこの孤高をとても気に入っていた。

公子の父は大学の国文学の教授だった。幼い頃から沢山《たくさん》の本に囲まれ、公子は何不自由なく育った。沢山の人に愛される少女だったが、公子自身は本よりつまらない相手と会話するのが嫌いだった。

中学受験で公子が娘心館を受けたのは自分のためだ。その頃の公子はもう、環境は自分で選ぶものだと気が付いており、学校を自由に選べるだけの学力が自分に備わっていることも自覚していた。勿論、私立学校に通えるだけの経済力が大黒柱である父親にあることも。好成績をキープしている限り誰からも文句を言われず、大好きな本だけを相手にしていてもいいのだ。おまけにそれが何年も続くなんて夢のようではないか。

公子は自身にとっての幸福の象徴である学び舎《まなや》を出ると、そのまま最寄り駅である四ツ谷《よや》駅の方へ向かう。外は真夏日と言ってもいい気温だったが、風も強く歩いていて気持ちのいい日だった。

テストの返却期間の公子はたいてい本屋か図書館にでも寄ってから帰るのだが、今日は約束があった。

公子は駅前にある四谷文化《よつやぶんか》センターのビルに入る。するとロビーに三人の待ち人の姿を見つけた。

「あ、ミカちゃん」

そう言って近づいてきた幼い容姿の少女は先崎桃《せんざきもも》だ。桃は四谷文化センターの近くの公立中学に通う二年生だが、公子と並ぶとまるで大人と子供だ。

だが、彼女が見た目よりずっとしっかりしていることを公子は知っている。だから公子は桃を侮《あなど》らない。

「相変わらず重役出勤が似合うね。ウチ、待ちくたびれたヨ」

クレームをつけてきた眼鏡《めがね》の少女は神原真紀《かんばらまき》だ。大学までエスカレーター式の私立に通っているのをいいことに、あまり真面目に勉強している様子はない。だが目端《めはし》が利いて要領がいいタイプなので、不勉強を補えているようだ。

何かと公子に絡んでくるのも、学業成績が良くわざわざ要領良く立ち回る必要のない公子へのコンプレックスの表れなのだろう。

「まあまあ、神原さん。久しぶりに四人揃《そろ》ったわけですから。ね？」

真紀をなだめた大人しそうな少女は暮志田《くれしだ》千鶴《ちづる》だ。よく言えば協調性が高い、悪く言えば引っ込み思案で、あまり自分の意見を表に出さない。それは生来のものなのか、それともお嬢様校に通っているせいなのかは解らないのだが。

ただ、その目立たなさ故《ゆえ》にかえって気になるのは事実で、公子は千鶴のことが色々と気になっていた。

「じゃあ、あそこの机が空《あ》いてるからあそこでいいよネ？」

真紀はそう言うと答えも聴かずに、ロビーの一角を目指して歩き出した。落ち着きなく桃が続き、公子が仕方なく動くと、千鶴がおずおずといった様子で移動する。

孤高であることを愛している公子が何故、三人と連絡を取り合うようになったのかは自分でもよく解らない。まあ、強《し》いて言えば知らないタイプの同世代の少女たちと触れ合えることが新鮮なせいかもしれない。

公子が目的の机に向けて移動していると、隣の千鶴が微笑《ほほえ》みながらこんなことを言った。

「けど、驚きました」

「何がだ？」

「三方さん、これを受けるためだけにトライアル5コースを申し込んだなんて」

そう言って千鶴が指したのは掲示板に貼られた『奥石衣《おくいしころも》の小説講座』というポスターであった。

奥石衣は既に二十年のキャリアを持つ女性作家だ。

二十六歳の頃、純文学の賞でデビューし、しばらく出版社に勤務しながら純文学誌に作品を発表していたが、三十歳前に退社して専業作家に転身、以降は純文学を書きつつ、ファンタジー小説も手がけるようになった。

それが今や奥石の代名詞となっている『カーボ・クロニクル』シリーズだ。時代ごとに変化する炭素の価値と意味の変遷《へんせん》によって世界を描《えが》いていくという独自の切り口は業界的にも珍しく、書評家やマニアたちから好評をもって受け入れられた。勿論、単に切り口が面白いだけでは一般の読者はそこまで付かない。実際は魅力的なキャラクターや王道ながら捻《ひね》りの利いたストーリーが備わっていたのも大きかったのだろう。

巻ごとに大きく年代が進むため作中人物の入れ替わりが激しく、特定のキャラクターの活躍をずっと追いかけたい読者層からの受けはあまり良くなかったが、それでも物語そのものに再読に堪える強度があり、それが固定ファンの心をがっちりと摑んだ。

一方で、『カーボ・クロニクル』が商業的にまずまず成功した弊害もあった。『カーボ・クロニクル』の執筆に時間を取られたせいで、純文学作品の発表ペースは兼業作家時代よりも落ちていったのだ。昔からのファンはファンタジーの書き手である奥石が有名になったことを誇らしく思う反面、初期作のようないような人間のエゴを精緻な筆致で描いていく短編はもう読めないのかと残念がった。

そんな奥石の成功を口さがない純文畑の人間は「食っていくために志《こころざし》を曲げた」と批判したそうだが、実際それは正しかったようだ。純文学の売り上げだけでは食べていけなかったと数年前のインタビューで本人が語っていた。

十年前に『カーボ・クロニクル』が第一部完結で一区切りとなった後、いよいよ純文学に復帰するのかと思われたが、そうはならなかった。それどころか更に二本のファンタジー作品を書き始めたのだ。以降、純文学作品の発表は完全に途絶えた。

だが、そうまでして始めたファンタジー作品もここ数年はめっきり出版されなくなり、奥石自身の露出《ろしゅつ》も減った。昔はよくゲストとして出ていた方々のイベントにも今ではほとんど姿を現さない。

だからこそ今回の小説講座は、公子にとっては大事なチャンスだった。

「いいか、そもそもあの奥石先生が人前に出ることが今では珍しいんだ。前々から予告だけはされていたが、まさか本当に開講されるとは思ってなかった。私たちは実に運がいいぞ」

小説講座には事前課題が用意されていた。

課題の小説を読んだ上で、その続きを書いてこいというものだった。だが、今は七月中旬、少し前まで試験期間だったということもあってみんな半月以上放置していたのだが、課題の提出〆切まであと八日しかないという事実に気が付いた真紀が全員を招集したのだ。

「本当にそれだけがトライアル5コースを申し込んだ理由？」

「いけないか？」

真紀はニヤニヤ笑いを浮かべて、公子を眺める。

「なーんだ。ミカも思ってたよりミーハーじゃん。なんか安心したヨ」

参加に当たってファン心理が働いたのは否定できない。公子の一番の愛読書は奥石作品だったからだ。だが素直にそれを認めるのも癪《しゃく》だ。

「奥石先生にも興味はあるが、私はその創作手法の一端でも……」

「はいはい、解りました」

「でも面白そうな課題だよね。自由に書いていいんだから」

公子が真紀に何事かを言う前に、桃が口を開いた。雰囲気が悪化する気配を察したのかもしれない。

「そりゃ、何を書いても自由だけどさあ。適当にひっくり返すのは違うと思うんだよネ」

「ひっくり返すってどんな？」

「『旅人が老人に話しかけようとすると、老人は既に息を引き取ってました』とか」

「自由だねー」

「けど、向こうだってこういう方向性は求めてないでショ。中学受験を経てしまったウチとしては、正解が気になって仕方ないんだよネ」

「そんなに難しく考える必要はない」

公子は真紀にそう言った。

「老人は自分の人生を後悔しているわけだ。そんな老人にどんな言葉をかけるか、単にそれだけの話なんだ。慰めてもいい、励ましてもいい。勿論、突き放してもいい」

〆切は講座当日の三日前の午後五時に設定されていた。講座は日曜なのでつまり来週の木曜には作品を完成させている必要があるということになる。

「いずれにせよ難しく考えすぎて〆切に間に合わない方が遙かに問題だ」

公子はいつしか、真紀がじっとこちらの顔を見つめていることに気が付いた。

「どうした?」

「やっぱり国語の先生にレクチャーを願わないとなって」

「先生なんてどこにいるんだ?」

するると桃が答える。

「やだな。ミカちゃんだよ」

いつの間にか桃までニヤニヤ笑っている。公子は助けを求めるつもりでつい千鶴の顔を見てしまったが、千鶴は曖昧《あいまい》に笑って肯くばかり。一対三、多数決で負けだ。

「仕方ない。だけど私の考えが正しいとは思わないようにな」

もっとも公子は生まれてこの方、国語のテストで九割五分を切ったことがない。読書量のお陰で、国語はわざわざ勉強せずとも解けるぐらい得意だった。

「この老人は奥石先生自身のことなのかナ？」

「おそらく。素直に読み解くならな」

芸術家を純文学作家、職人を一般娯楽小説家と読み変えればしっくり来る。純文学で食えなかった奥石がファンタジーを書いて成功したというお話だ。

「木こりで生計を立ててたというのも出版社勤務のことを言っているのだろう」

「そっか。じゃあ、ここで言う木は言葉なんだネ」

「留意すべきは家具を作るつもりが家を建てる羽目になったというくだりだ。もしかすると奥石先生は多少娯楽要素のある短編を書かれるつもりで引き受けた。ところがいつの間にか長編を書かされる羽目になった……そう取れるな」

どういう経緯だったのかは想像するしかないが、オムニバス短編集よりは長編の方がセールス的に有利だと編集者に説得されたのかもしれない。

「なるほどネ。それで書いたらそこそこ当たっちゃって続編を書くことになった。続編を書いてもまだ評判が良くて止められなくて、とうとう純文学を書けなくなった……」

「やっぱり奥石先生、純文学作家であることを誇りに思っていたのでしょうか？」

千鶴の問いに公子は肯く。

「戻りたがっていたのは古いエッセイやインタビューからも伝わってきた。だからこうした背景を踏まえて、問題文をもう一度見直すと先生の意図《いと》がはっきり解るな」

「つまりこれって……ファンタジーで成功を収める一方で、純文学を書くべきだったと後悔している奥石先生にどんな言葉をかけるかという問題？」

「おそらくな」

そこに桃が挙手する。

「ミカちゃん。だとすると少し解らないことがあるんだけど」

「何だ？」

「奥石先生はなんで先のないおじいさんに自分をたとえてるの？」

「実際、お墓なんて縁起でもありませんよね」

千鶴の相づちに公子も肯く。

「私もそこはしっくり来なかったところなんだ。確かに近年は作品の発表もなかったが……もしかすると廃業を考えているのかもしれない」

ファンタジー小説を書くのが厭になったのか、それとも純文学を書けなくなった自分に厭気がさしたのか。いずれにせよ、ファンとしてはありがたくない話だ。

公子がふと顔を上げると、真紀が携帯電話の画面を食い入るように見ていることに気が付いた。

「……神原。人が説明してる時にメール打つのはやめろ」

「メールじゃないヨ。け・ん・さ・く。ウチは奥石先生のプライベートを探してんのサ」

「プライベートって……流石《さすが》にそれは失礼だ」

「なんてったってウチら、ネット世代ヨ。検索すればなんでも出てくる時代に、無駄に悩んだりしてもしょうがないッショ」

「邪道だ。私生活がどうあれ、作家は書いたものが全てだと思っている。作品外から判断材料を持ってくるのは感心しないぞ」

だが真紀からの返事はなかった。そのまま一分以上黙り込んでいるのを見て、ようやく公子は真紀が何か重要な情報を読んでいるのだということに気が付いた。

「何か見つけたのか?」

「……ファンサイトの掲示板にさ、こんな書き込みがあったんだけど」

真紀の説明によると、奥石がある難病に冒されているのではないかという推理が書かれていたそうだ。

まずファンサイトのコアメンバーである数人が、何年か前のイベントで奥石が倒れた際の状況を詳しく書き込み、医学知識を持ったまた別のファンが奥石の病気に当てはまりそうなものを挙げて、可能性を消去していく……どの病気かまでは特定しきれなかったが、三つぐらいまでは絞り込めたらしい。

問題はその三つとも、しっかりした治療方法が確立されていないらしい珍しい病気だということだ。ソースは怪しいが、あの問題文の内容に重なる。

「これ、このままだと治らないってことだよネ」

「まあ、そういうことになるが、公式には病名も発表してないからな」

あくまで公式にアナウンスはない。しかしファンサイトでは事実として扱われているようだった。

「……もういいヨ。完全にお通夜《つや》ムードなんだもん」

これで想像以上に重い設問になってしまった。おまけに奥石自身もそう長くないかもしれないと考えただけで、公子にはなんとも言えないショックがあった。

そして、公子は問題文の意味が大きく変質したことに気が付く。

公子が語りかける相手は小説の中の老人ではなく、これから死する運命にある憧れの作家なのだから。

*

〆切まであと四日。公子は十二歳年上の従姉《いとこ》の結婚式に招かれていた。

折角の日曜、丸一日執筆に充《あ》てたかったが、家族も一緒なのでサボるわけにはいかない。

まあ、来週の日曜でなかったことがせめてもの救いだな。お陰で奥石先生の創作講座を受講できるわけだから。

式は既に披露宴《ひろうえん》まで進んでおり、折り返し地点を越えたとも言える。ただ座っているだけでは時間の無駄だと思い、せめてこの時間を有意義に使おうと課題について考えていたが、ビデオや司会によって気を散らされ、少しも考えがまとまらなかった。

「新郎新婦は共通のご趣味を通じて、運命的な出会いを果たされました」

司会の女性がお上品としか言いようのない声で流暢《りゅうちょう》に二人のなれそめを読み上げていく。

「しかし運命的な出会いに足踏みは不要です。お二人はすぐに婚約されました」

公子の口の中に苦いものが広がる。何故ならこの二人が約半年前にネットゲームで知り合ったことを母親から聞いていたからだ。

そして結婚式特有の言い換え語というやつが公子は本当に苦手だった。

「酸《す》いも甘いも嚙み分けたお二人なら新しい生活はきっと上手《うま》くいくことでしょう」

これも二人とも離婚歴があることを言い換えているに過ぎない。しかし一度失敗している者同士なら上手くいくというのは論理を少々飛躍させすぎではないか。

公子は誰にも悟られぬようにため息を吐く。

下らない。何をどう言い換えたところで本質が変わることはないのに。

新郎新婦にとっては二度目だが、基本的には一生に一度あるかないかの大事な日だ。司会者が身も蓋もないことを口にして、雰囲気を壊さないようにしているのは解る。だが列席者のほとんどが知っている事実を、殊更《ことさら》に言い換える必要があるのだろうか。実際、「御友人」席にはネットゲームの知り合いも数名座っている。

公子は昔からこのわざとらしさが苦手だった。結婚式だけでなく、冠婚葬祭全般にどうしようもなく漂う嘘臭さに堪えられないのだ。

従姉が嫌いというわけではない。まあ、話はあまり合わないが気のいい人だ。幸せになって欲しい。だが、この雰囲気のせいで祝福する気持ちが白けていったのは事実だ。

「退屈か、公子？」

乾杯が終わると、隣に座っていた父親の信一《しんいち》が声をかけてきた。

「そんなこと……」

そう言いかけて、自分が退屈を言い換える言葉を持たなかったことに気が付く。

「気持ちは解るが、式は真顔で眺めるようなもんじゃないぞ」

公子は思わず頬に手を当てる。顔に出ていたらしい。

「そうだね。折角《せっかく》のハレの日だし」

公子は無理して笑ってみた。その笑顔を見て、信一は苦笑する。

「納得がいかないんだな」

「納得って何の？」

公子がそう問うと、信一は家でくつろいでいる時の表情になってこう言った。

「お前さ、死ぬまでにモックス・ダイアモンドは『カーボ・クロニクル』を語る上で欠かすことのできない重要なアイテムだ。そして信一もまた『カーボ・クロニクル』の愛読者だった。

膨大なエネルギーを生み出すモックス・ダイアモンドは作中での登場以降、世界を大きく変化させたわけだが、元々は登場人物たちが試行錯誤の上に数代かけて完成させたものだ。

きっと信一は公子に生き急いでいると言いたいのだろう。

「別にそんなつもりはないけど……むしろ、他の人がゆっくりしすぎなんだと思う」

「ああ、そういう意味ではお前は本当に手のかからない子だった。なんでも自分の意志で決めて、結果を出してきた。受験のための塾通いだって自分から申し出たぐらいだしな」

信一は感慨深げに公子の顔を眺める。

「お前は目的を定めたら最速の方法でそこを目指す人間だ。けどな、早すぎる歩みには誰もついてこられない。そうだな、そのペースだと二十代が終わる頃には振り返っても誰もいなくなってるかもしれないぞ」

「だからって周囲に合わせてゆっくり歩くなんて……」

だが信一はかぶりを振った。

「そうじゃない。たまには誰かと歩調を合わせて歩いてみようって話だよ。本当にたまにでいいんだ。そういうのが大事なんだから」

公子はそんな信一の物言いから、苦手だった道徳の授業を連想した。小学生の頃、教師に自身が信じていなそうな空虚《くうきょ》な道徳を語られるのが厭で仕方がなかったものだ。

しかしすぐに思い直す。公子は信一が型通りの道徳を口にするような大人ではないこともよく知っていた。そして信一も言葉の裏を読める公子に方便は無駄だと解っている筈だ。

「まあ、お前も大人になれば解る。それまでに少しでもこういう場に慣れておかないと」

もし言い換えができれば少しは何かが変わるのだろうか。

「次の料理が運ばれてくるまでまだ時間がある。ちょっと外の空気でも吸ってこい」

信一の言葉に従って、公子は中座することにした。外へ出て、少しでも気分転換したかった。

公子は通路を歩きながら考える。

別にいつまでもモラトリアムを許された子供でいたいとは思わない。だがこういう付き合いが増え続けていくのなら、一生子供でもいいかもしれない。

あるいは象牙《ぞうげ》の塔にでも籠《こ》もるか。

公子は庭へ出る。式場は学校のごく近所だった。通学でよく見慣れた光景だが、今はそれが気を楽にさせてくれた。

「あれ、三方さん？」

歩道から声をかけてきたのは千鶴だった。

「暮志田じゃないか。どうしてこんなところに？」

「だってわたしの家はすぐ傍ですから」

千鶴の話によると、四ツ谷《よや》駅前に用があって出てきたらしい。応じて公子も自分の状況を伝える。

「そうなんですね。でも結婚式って、なんかいいですよね」

「そうか？　私は苦手で外に出てきたんだが」

公子は苦笑しながら本音を漏らす。

「特にあの結婚式特有の言い換え語というやつが駄目だな。聴くのは勿論のこと、言うのもだ。咄嗟《とっさ》に何かを言い換えろと言われたらうっかり本当のことを口にしてしまいそうだ」

人としてはどうかと思うが、これで少し楽になった気がした。披露宴で息が詰まりそうだっただけに、一瞬でも本音を言える相手がいて良かった。

しかし千鶴は公子の苦笑に合わせて笑った後、何かを思いついたかのようにこう言った。

「わたし、できるかもしれません。言い換え語」

「……ちょっと試してみるか」

公子は何気なく思いついたフレーズを口にする。

「『ナンパで出会った』は？」

「『運命的な出会いを果たされた』でどうですか？」

これはさっき聴いた通りだ。

「やるな」

公子は考えて次のフレーズを口にする。

「『一つの仕事が長続きしない』は？」

「『豊富な社会経験を持った』でしょうか」

「だったら『経済力がない』は？」

「『身一つで生きていく強さがある』で」

「参った。私の負けだ」

公子は少しだけ愉快な気持ちになれた。千鶴の意外な特技に感服したからだ。

「今すぐにでも結婚式の司会ができるな」

「どうでしょう。わたしじゃなくてもできると思いますけど」

「私も読書家を自負しているが、こういう発想の転換は苦手なんだ。多分、私にはない才能を持っているんだと思う」

「大したことじゃありませんよ。それに」

「それに？」

「誰だって自分で選べないことを悪く言われたらつらいでしょうから……」

はて、選べないとはどういうことだろう。

「変なことを言うな。職や伴侶《はんりょ》は自分の意志で選べるだろう」

千鶴は一瞬迷った表情になったかと思うと、すぐに曖昧な笑顔を浮かべて返答する。

「それもそうかも。変なことを言ってごめんなさい」

「いや、謝られても困るが」

妙な雰囲気だったが、なんとなく千鶴が折れたということだけは解った。しかし千鶴が何を言わんとしていたのかは解らなかった。

「じゃあ、わたしはそろそろ行きますね。明後日《あさって》にまた」

そう千鶴に言われて、明後日の放課後にまた集まる約束をしていたことを思い出した。言い換えれば明後日までには三人に見せられるものを仕上げなければならないということだ。

「……ああ、また」

公子はそう言って千鶴と別れると、重い足取りで披露宴の会場へ戻っていった。

「書けたんだヨ」

「そうか」

四谷文化センターのロビーに響く、真紀の力強い言葉を公子は軽く受け流した。

今日はもう提出期限の二日前。そろそろ下書きでもできていないと厳しい頃だ。出す気があるなら、ある程度の枚数は書き上げているだろうと思ったまでだ。

「じゃあ、読んでヨ。別に自信があるわけじゃないんだけどサ……」

そう言って差し出されたA４用紙を公子は受け取った。

＊

「あなたはお墓を作るべきではないと思います」

旅人は老人にそう言った。

「どうしてそう思うのかね？」

「お墓は自分に向けての制作に過ぎません。あなたはそれを作ったことに満足して亡くなる。以降、あなたが顧《かえり》みられることはないでしょう。徐々に忘れ去られるだけです」

「ではどうすればいいと考えているのかな？」

「当然、芸術作品の制作です。勿論、自分だけに向けてではなく、世間に向けて制作するのです」

「制作か。しかし完成させられるかどうか」

「あなたはただ、残りの人生を全て使うつもりで取りかかりさえすればいいのです。そうやって生まれた作品は完成しようが、未完成だろうがきっと人が集まってくる筈です。あなたが亡くなった後もずっと……」

「そうか、作品こそが私の墓になるというわけか」

老人は立ち上がると旅人に握手を求めながらこう言った。

「ありがとう。自分の最期を決めることができそうだ」


「どうヨ？」

公子は読み終えると無言で他の二人に回した。

「あ、ため息吐いたネ？」

全員が読み終わるまで余計なことを言うまいと思っていたら、無意識にため息が漏れていたようだ。

「気のせいだろう」

「いや、確かに聞こえたって。今、馬鹿にしたネ？」

フォローが面倒になった公子は、大きくため息を吐いた。

「馬鹿にはしてない。ただ、ちょっと引っかかることがあってな。まあ、後で言う」

「なんだよ。今言えよナー」

「言語化に時間がかかりそうだ。ただ、『ファンタジーより純文学を優先しろ』という内容に問題があるわけじゃないぞ」

「言語化と来ましたよ千鶴さん。ウチ、日常生活で聞いたことない！」

「でも良かったですよ、神原さん」

「あ、そう？」

千鶴の言葉に真紀は照れたように頭を掻《か》く。すると真紀の作品を読み始めたばかりの桃が口を開いた。

「ミカちゃん、今の内にあたしのも見てよ」

そう言って桃が差し出した作品を公子は読み始める。


「あなたは家を建てるべきです」

「何故そう思うのかね？」

老人はどこか怒ったような口調でそう訊ねた。きっとこれまでの話を無視されたと思ったのだろう。

「お墓はあくまで訪ねる場所です。訪ねた以上は帰らないといけません。お墓を見てあなたのことを強く思い出した人も、お墓のない場所に帰ればやがてあなたのことを忘れてしまいます。彼らは一年で何分ぐらいあなたのことを考えてくれるでしょうか？」

老人は渋い表情で首を横に振った。納得したようだ。

「しかし家は違います。あなたが魂を込めて建てれば、住人はきっと折に触れ建てたあなたのことを思い出し、感謝すると思います。もしかしたら何十年もずっと」

「解った。私は家を建てようかと思う」


やや短いのが気になるが、こちらはこちらで悪くない。というより、素人《しろうと》にいきなり物語を書けというのが無理な話なのだ。

だからこそ、講座当日の三日前まで受け付けているのだろう。受講者は十五人、極端に長いものを書いてくる者がいなければ全てに目を通すのはそんなに難しいことではないだろう。

「先崎の作品は純文学よりファンタジーを優先しろと言ってるわけか。神原のものとは結論が逆だな」

「実は奥石先生の本をちゃんと読めてないんだ。でもファンタジー作家としての奥石先生の方が有名なんだったら、とりあえず先生が小説を書けば残るんじゃないかと思って」

「まあ、きっと長く残るだろう。私だって読みたいぐらいだ」

公子がそう言うと、桃の作品を読み終えた様子の真紀が肩をつついてきた。

「で、ミカ先生。ウチの作品の感想、言語化できた?」

「ああ、先崎のと一緒にできた。二つの作品は違うことを言っているようで、結局は同じことを言っている。即《すなわ》ち、奥石先生自身のための遺作を書け、だ」

公子の指摘に二人は言葉を失っていた。

「駄目かー」

「うーん、悪くないと思ったんだけどネ」

二人は顔を見合わせて苦笑する。

「いや、待て。駄目とは言ってない。ましてこれはカルチャーセンターの課題、書き上げて提出できただけでも偉いんだ。それにちゃんとお話として閉じている」

二人ともそれなりに苦労したのだろうが、その甲斐《かい》あってちゃんとしたものに仕上がっている。

「ただ、これだと墓を作ることを勧めるのとそんなに変わらないわけだ。墓も自分のために作るわけだからな。よく書けていても、真の正解という感じはしない」

そんな上から目線の分析が癇《かん》に障ったのか、真紀は公子に突っかかる。

「そういうミカはどうなんだヨ？　まさか書いてきてないとか？」

「書いてきてないが？」

「そういう批評家みたいなスタンス、ウチは嫌いだヨ」

まあ、そう言われるとは思っていた。

「実は書いたが没にした。アイデアだけ聴かせようか？」

「うん」

桃をはじめ、他の二人も肯いたため、公子は自分の書いた作品の一つを教えることにした。

「旅人は突然、港街にしばらく滞在することを宣言するんだ。その意図が摑めなかった老人は旅人に『どうしてだ？』と問う。すると旅人はこう答えた。『あなたは私を弟子にするべきです。いや、私だけでなく何人も弟子を取って、技術を教えて下さい。そうすればあなたの技術を持った人間が何人も残り、作品や家を残すよりもずっと多くの影響を、この世に与え続けることができる』と……どうだ？」

自分で考えた話を語るのは面映《おもは》ゆかったが、それをおくびにも出さず感想を訊ねた。

「……ミカ、ちょっと上手いな」

そう言う真紀は少し悔しそうだった。

「あたしもそう思った。ね、チヅちゃん？」

「……そうですね」

公子は千鶴が曖昧な返事をしたのを聞き逃さなかった。もしかすると、何がいけないのか解ったのかもしれない。

「だがこれは没だ」

「え、なんで？　そんなによくできているのに」

「よくできているから問題なんだ、先崎」

そう口にしてしまうと、三人に教えたことを猛烈に後悔し始めた。

「……私も書けた時には悪くないと思った。だが時間をおいて読み返してみれば、これは『ファンである自分のために最後の時間を使ってくれ』という提案に過ぎない。そう気が付いた途端、自分がどうしようもなくエゴイスティックなファンであると解って恥ずかしくなった」

「提案としては悪くないと思うんだけどな」

「悪くはないが、当事者が言うべきことではないだろう」

「うーん」

桃が腕組みをして考え込む。そしてしばらく何事かを考えた後、こんなことを言った。

「でもさ、もう答えがないと思うんだ。何もするなというのは論外として……1、墓を作るように勧める。2、作品を制作するように勧める。3、家を建てるように勧める。4、後継者を育てるように勧める……現実的にはこれぐらいでしょ？　マキちゃんが2、あたしが3、ミカちゃんが4だけど、1なんか一番しょうもない選択肢だと思うんだよね」

桃の言う通りなのだ。公子もこれ以外のパターンが思いつかなかった。だが消去法で考えると全部消えてしまう気がする。

「暮志田はどう思う？」

公子は何気なく、これまで静観を決め込んできた千鶴にそう訊ねる。

「うーん……上手く言えませんが、奥石先生は『あなたはこうするべきだ』ってことを言って欲しいわけじゃない気がします」

「どういうことだ？」

千鶴が自分よりも答えに近いところにいる気がして、公子は思わず問い直してしまった。

「多分、そういうことは奥石先生も周囲の人たちから散々聞かされたと思いますし、今更聞きたくないでしょう。だからこれは奥石先生からの答えのない問いなんじゃないかなって」

奥石自身ですら解らないとしたら……なるほど、これは確かに難問だ。

「ところでチヅちゃんのは？」

「ごめんなさい。実はまだ書き上がってなくて」

これには公子も驚いた。真面目そうな千鶴がまだ課題を仕上げていないとは。

「完成イメージはあるんですけど、なかなか思い通りに書けていません。未完成のものを見て貰うのも悪くて……なんとか出せそうですけど、ギリギリかもしれません」

「自分の内側にあるイメージを、なるべくそのまま伝えられるように言葉を選ぶ……それが創作の面白さの一つだ。勿論、奥石先生の受け売りだがな」

「じゃあ、ミカみたいに内容だけでも教えてヨ」

真紀がそう言うと千鶴はかぶりを振った。

「いえ、別に大した内容はないんです。だからとてもここで話すようなものじゃありません」

結局、千鶴は自作の内容を明かすことを最後まで頑《かたく》なに拒否し続けた。


「暮志田」

帰り道、桃と真紀と別れた後、公子はついあることを千鶴に訊ねたくなってしまった。

「どうしましたか？」

「この間の結婚式の日に口にして撤回した言葉だが……その真意を教えて欲しい」

「……どうしてもですか？」

「どうしてもだ」

公子がそう言うと、千鶴はこちらに向き直る。

「三方さん、怒らないで下さいね？」

「ああ、約束する」

千鶴は顎《あご》に手を当て、考え込む。

「例えば、三方さんが誰かのことを好きになったとします。好きになったのは顔と性格、だけど法律的にグレーな仕事をしていてそれが許せない……どうします？」

「あまりピンと来ない仮定だが……そうだな。ゆくゆくは家庭を築くことまで考慮するとすれば、非合法な手段で生業《なりわい》を立てている者をパートナーとして選ぶのはリスクが高すぎる。残念だが別れるしかない」

公子が真面目にそう答えると、千鶴は肯く。

「そうですよね。だったらその人を諦めたとして、次に性格と仕事がいいけど、顔が好みじゃない人と出会いました。どうします？」

「何を優先すべきかという話になってきたな。顔なら慣れることができる場合があるから、選ぶ上で問題はないが、それが無理なら厳しいかもな」

しかし公子には、まだ千鶴の言わんとするところが見えなかった。

「恋人だったら頑張ればどうにかなる可能性がありますが、学校や職場だったら？」

確かに、完全に望み通りの環境を得るのは困難だろう。組織の中に入らないと全貌は解らない上、転職や転校にも限界がある。

「しかしどうしても譲れない条件があるなら努力するか……諦めて我慢するしかない。基本的にはその繰り返しだ。私は努力する方を選んだ」

「そう。でもそこが人生の大変なところだと思うんです。頑張って結果を出せるのはいつも一握りの人たちで、誰かが必ずこぼれ落ちます。こぼれ落ちた人たちは不本意な結果と一緒に生きなくちゃいけません」

だが、そんなことを言われても公子にはピンと来ない。一度だって落ちこぼれた経験のない公子には。

「……それはどの程度つらいのだろうか？」

「とてもつらいですよ。自分が失敗したのに、どこかには自分の代わりに成功した人がいるんですから」

そういえば以前、千鶴が娘心館を諦めて今の学校を受けたと言っていたことを思い出した。きっとそれも千鶴の中では挫折なのだろう。

「ね？　自分が望んで何かを選んだつもりでも、大抵は望まないものも一緒についてくる。それが普通なんですよ。それで済んだらいいけど、時には望まないものばっかりついてくることもあります」

「常に不本意がついて回る方が普通なわけか……」

「けど、不本意を直視できるのなんて一握りの強い人だけですよ。だから、そうでない人たちのために言い換えというのは必要なんだと思います。それがどれだけわざとらしくても」

そんなの考えたこともなかった。だが、それは公子が信一という良い父親を持ち、自分の意志を貫けるだけの環境にたまたま恵まれていたからではないか？

そして何より、普通はクラスメイトや家族だって選べない。千鶴が引っ込み思案なのも、望まないものに自分を対応させた結果なのかもしれない。なんとなくそんな気がした。

千鶴だけじゃない。奥石もきっと不本意なことを感じる人生だった筈だ。けど、どうにもならない。ファンタジーを書いてやっていくしかなかったことも含めて、全部どうにもなからなかった筈だ。

しかしそれが解ったから何だというのだ。奥石の不本意をどんな言葉でケアできるというのだ。それとも千鶴にはそれができるというのだろうか。

「大丈夫。三方さんにはあんまり関係ない話だと思います。三方さん、素敵で強いから」

「ああ……」

単なるお世辞には聞こえなかったが、それでも素直に喜べるような気持ちではなかった。

そんな何気ない千鶴の言葉は、公子の堅固な意志に微《かす》かな瑕《きず》を残した。

＊

「家具や家というのはいわば実用品だ。しかし芸術に実用性は必要ない。私のしていたのはただの寄り道だったのだ」

「そんなことはありませんよ」

旅人はかぶりを振った。

「実用性を知った今だからこそ、辿《たど》り着ける境地というものがある筈です。あなたがどんな芸術品を仕上げるのか、楽しみで仕方がありません」


また駄目だ。

公子はため息と共にファイルを保存すると、そのまま没フォルダに放り込む。消してしまわないところが未練たらしいと自分でも思う。

千鶴と話してから丸一日が過ぎていた。提出期限は明日の午後四時。一応、学校はあるが夏休みが近いということもあって、昼で終わる。しかしそれにしたって今夜中に雛形《ひながた》を書き上げないと間に合わない。

公子は新規ファイルを作成してキーボードを叩く。


「後悔しているなんて悲しいことを言わないで下さい」

旅人はそう言った。

「あなたはご存じないかもしれませんが、実は私はあなたの建てた家で生まれ育ちました。お陰でそれは私の価値観の形成に大きく役立ち、今ではあなたの眼を通して世界を見ていると言っても過言ではありません」

「実に素晴らしい縁だ。最後にこんな出会いをくれた神に感謝しなければ」

「まだ終わってませんよ。私のような人間を一人でも多く増やすために

これも違う。

公子はまた書きかけの作品を没フォルダに入れた。

奥石作品で小説の面白さを知った受講者は別に公子だけではない筈だ。きっと誰かがこんな内容のものを提出するに違いない。

完全に迷走している。

公子は両手で顔を覆って俯《うつむ》く。千鶴と話して以降、もうずっとこの繰り返しだ。

小説講座なのだからもっと気楽にやればいい。いざとなれば没フォルダから吟味《ぎんみ》して、それらしく仕上げて提出してしまえば済む話だ。それで奥石の講評を貰って次に活《い》かせば何の問題もない。

解っているのにそうできないのは、自分が特別なファンであることを奥石に示したいと思っているからだ。

奥石に費やした金額や年月では公子は決して古参のファンには勝てない。だが奥石の意図を読み取って完璧に答えてみせれば、奥石からのお墨付きが貰える……そんな思いがあったから

だ。

もっとも、最初からそんなことを思って講座に申し込んだわけではない。この三週間、考えに考えてようやく解っただけだ。

奥石の死が避けられないのは、恐らく間違いないだろう。では無念の最中にある奥石をどうやったら励ませるのか、公子には皆目見当がつかない。

既に自身の死を覚悟しているらしい奥石にどんな言葉をかけようが、それは全て気休めに過ぎないのではないか。

公子は顔を上げて時計を見る。午後十一時をとうに過ぎていた。零時過ぎ……いや、一時には寝ないと学業に支障が出る。

ギリギリまで悩めたとしても小一時間だ。それが公子に残された制限時間。

国語の試験ならどんな難しい内容であろうと答えられた。作者の意図が読み取れたからだ。しかし相手の心に踏みこまないといけない、正解のない問いかけには答えようがなかった……。

公子は絶望的な思いを抱えながら悩み続けた。

＊

「この老人も最後の作品を仕上げようという気になったと思いますよ。はい。以上、神原さんの作品でした」

奥石がそう言うと教室に拍手が起きる。

「えへへ、どうも」

拍手の中、真紀は少し照れながら頭を掻いて座る。

講座に現れた奥石は白髪《しらが》交じりの中年の女性で、ユーモアと落ち着きを併せ持ったベテラン教師のような風格があった。作家という職業のためか、言葉の端々に年齢からは考えられない瑞々《みずみず》しさのようなものを覗《のぞ》かせる瞬間があったが、時折暗い影のようなものが表情に見え隠れしていた。

奥石は提出された作品を一作ずつ音読しては、その作品の良かったところを幾つも取り上げ、こうすれば良くなるかもしれないとコメントをしていった。小説講座としては温《ぬる》めだが、それでもまた書いてみようかなと思わせる褒め方は流石だった。

「マキちゃんも褒められて良かった」

もう桃の作品も講評を受け終えていた。全体から見れば、真紀や桃の作品は上の方に位置するだろう。

既に十人分の講評が終了していたが、みな一様に老人に対して同情的な書き方だったことを考えると、奥石の病気のことは自明のこととして広く知られているのかもしれない。

それでも書いただけマシだ。少なくとも公子よりは。

結局、公子は作品を提出することができなかった。

正直馬鹿なことをしたと後悔している。折角憧れの作家に自分の作品を見て貰えるチャンスだったというのに。だがそれでも、奥石の抱える後悔を打ち消すような言葉を編むことができなかった。

「頑張って下さい」「お気の毒です」「先生の作品が読みたいです」……何一つとして奥石の心に届くとは思えなかった。

奥石の作品で言葉の力を知った。それなのに、その恩人に対して言葉はあまりにも無力だ。一体どうすれば奥石に報《むく》いることができたのだろうか。

その後も奥石は淡々と作品を講評していったが、時計と手元に残った作品を交互に見て、何かに気が付いたようにこう言った。

「おや、次で最後のようです」

「……あれ？」

桃が公子と千鶴を見比べる。おかしいことに気が付いたようだ。

「最後に私がとても気に入った一編を朗読したいと思います。暮志田さんの作品です」

その一言で桃は何かを察したのか、もう追及するようなことは言わなかった。しかし公子はそれどころではなかった。

何せ、千鶴の作品が奥石の心に届いたのだから。

一体、何を書いたのだろう。

そんな思いで公子は耳に全神経を集中させる。痛いぐらい静かな沈黙の後、奥石は柔らかな声で朗読を始めた。

「あの時ああすれば良かった、あるいはああしなければ良かった……私はそうした後悔には意味があると思ってます。そしてちょうど今、後悔しているところです」

旅人は苦笑いしながらそう言った後、慌てて「誤解しないで下さい。あなたとの出会いを後悔しているわけではありません」と続けた。

「では何を後悔しているのだね？」

「実は予定の船に乗れなかったんです。お陰でしばらくこの街で足止めです。次の船は三日後ですが、立てていた予定が全て崩れてしまいました。全て合わせて十日ほどのロスになるでしょう」

「十日か。まだ若いあなたには大した日数ではないだろう」

「しかし本当に悔しいんですよ。次は絶対に逃したくないと思うと、夜も眠れなくて……」

なんてことのない話だ。何が奥石の心を摑んだのか解らない。

そう思いながら、公子は尚《なお》も耳を傾ける。

「だから私は後悔の本質というのは反省なんだと思っています」

「後悔が反省……」

「しかし一方で反省するということは心が『次』に備えている証拠でもあると思うんです。頭が諦めていても、心はどうしようもなく次を信じている……だから後悔は決して悪いことじゃないんです」


奥石の朗読はそこで止まった。終わりなのだろうか。

具体的には何も提案していないではないか。次にどうすべきか何も示さないのか。

だが公子の疑問をよそに奥石は口を開いた。

「これだけです」

そして皆を見回して、何度か躊躇《ためら》った後にこんなことを言った。

「しかしたったこれだけの話に私は救われたんです」

公子は思わず千鶴の方を見てしまった。しかし千鶴は特に勝ち誇るでもなく、ただ奥石を寂しそうに眺めていた。

「私はここ数年体調を崩していて、気持ちが腐っていました。そして何故あんなことをしたんだろう、何故こんなことをしたんだろうと、役に立たないことばかり繰り返し考えていました。

その間も色々な方が私の前にやってきてはアドバイスをしていきます。それはどれもこれも『次にこうするべき』だという内容ばかりで……私はすっかり厭になってました。次なんてもうないに決まっているのに、どうして皆次の話ばかりするんだ、と。

しかし暮志田さんの作品だけは違いました。暮志田さんは私にこう言ってくれたんです。何をすべきかではなく、ただあなたには次がありますよ、と」

千鶴が書いたのは、別に特筆するような点もない物語だ。けれどそれは間違いなくこの老人の……奥石の心には届いたのだ。

「そんなこと、誰も言ってくれなかったというのに……お陰で次を諦めずに生きてみようという気になりました。次に何をするかまだとても決められませんが……もしも小説講座を継続する運びになったら、またよろしくお願いします」

奥石がそう言うと教室内に受講者の拍手が湧き上がる。耳に痛いほどの拍手を聴きながら、公子は自問自答する。

多分、これまで自分の人生に不本意なことがなかったのは実力と……運だ。だとすれば、そう遠くない未来に不本意と出合うだろう。その時、自分はそれに堪えられるだろうか。この奥石のように受け入れられるだろうか……。

公子はそんなため息を吐いて、千鶴を眺める。千鶴は不本意をずっとよく知っている。そして受け入れられる強さを持っている。

公子はそんな千鶴を心底羨《うらや》ましいと思ってしまった。

「さて今回、残念なことに作品を提出できなかった方もいましたが、あまり気にしないようにして下さい」

そう言って奥石は公子の方を見る。つい蔑《さげす》まれるのかと思って顔を背けそうになったが、慈《いつく》しむような表情をしていて公子は我が目を疑った。

奥石は公子から視線を外すとこう続ける。

「これは皆さんへのアドバイスでもあるのですが、ある程度書けるようになってくると、かえって書けなくなってくるものです。他の人が書かないものを書こう、もっと凄《すご》いものを書こうと気負《きお》いすぎると余計に」

そう言って奥石は公子へ微笑む。もしかすると奥石は公子が完成させられなかったことを見抜いているのではないか……そんな気がした。

「人の作品を意識して、自分の作品を変えていけるのは一つの才能です。けれど、そんなことをしなくてもあることを意識すれば小説というのはちゃんと一つ一つ違ってくるんですよ」

公子は思わず呼吸を整えた。プロの小説家、それも奥石衣が語る創作の秘訣《ひけつ》、まさに公子が知りたかったことだ。

「例えば皆さんに同じ筋立て、同じ登場人物で作品を書いて貰ったとしても、できあがりは全く違うものになります。日々の生活や価値観、日頃何に興味を持っているか……そういったものが個々人で異なるわけですから当然のことですね。台詞《せりふ》一つ、シーン一つ描くにも書き手の個性が出ます。

それが小説の面白さでもあり……恐ろしさでもあります」

奥石の言葉に公子は無意識で肯いていた。今ならなんとなく解るような気がする。

「えーと、三方さんでしたね。何故私がそう思ったのか解りますか?」

そんな公子の様子を見ていたのか解らないが、奥石は公子を指名する。

公子は席を立つと、ゆっくりとこう答えた。

「小説を書くということは送ってきた人生を問われるのと同じだからでしょうか」

小説が書き手の人生を反映したものなら、小説の評価は人生の評価に直結する。そう思って答えたのだが、それが奥石の望んだ答えかどうかは解らない。

どんな授業でも緊張したことはなかった。けど、今だけは間違いたくないと強く思った。

「……その通りです」

公子は心から安堵《あんど》しながら着席する。

公子が悩んだ挙げ句に作品を提出できなかった一方で、千鶴の作品が奥石の心を捉えたのも送ってきた人生を問われた結果だ。人生に優劣なんてつけていいとはあまり思わないが、それでもこの一時に限れば、公子は千鶴に負けたということだ。その恐ろしさを身をもって学んだからこそ、答えることができた。

「幸福が小説を空虚にすることもあれば、不幸が小説を豊かにすることもあります。

勿論、これは幸福な人生を送っていると良い小説を書けないという意味でもありませんし、ましてや不幸になれば良い作品が書けるという意味でもありません。だから皆さん、小説のために自ら不幸に身を投げるのはやめましょう。以上です」

この先の人生にどんな不本意な出来事が待ち受けていても、それが小説の糧《かて》になるなら堪えられるような気がする。いや、きっと堪えてみせる。

奥石が冗談めかした言葉で講座を結ぶのを聴きながら、公子は一人そんなことを誓った。

いきなりは描《えが》けない

四ツ谷《よや》駅にほど近い外濠《そとぼり》公園、その一角にある野外用テーブルで四人の少女が顔をつきあわせていた。

「なあ、最後の一枚は有意義に使わないか？」

三方公子《みかたきみこ》がそう提案した時、暮志田千鶴《くれしだちづる》は暑さに参りかけていた。昨日の午後は大雨のせいで寒いくらいだったから、寒暖差が余計に応えるのだ。

今は真夏、八月もまだ始まったばかりという頃合いで、夏休みを過ごす学生にとっては最高の時期だ。だが、無為《むい》に過ごそうとすればいくらでもそう過ごせてしまうのも夏休みだ。だからこそ大事なイベントをどうするかという話し合いを皆でしていたのだが、これが予想外にまとまらない。すぐに決まると思って公園に集まったのも裏目に出て、千鶴はほとんど地蔵状態で他の三人の話を聞いていた。

「エ、何それ」

公子の言葉に真っ先に反撥したのは神原真紀《かんばらまき》だ。

「その言い方ってさあ、ウチらのこれまでが意味なかったみたいじゃん？」

「そうは言ってない。程度の差こそあれ、どの講座もそれなりに有意義だった」

二人が言っているのは四谷文化《よつやぶんか》センターのトライアル5コースのことだ。五枚綴《つづ》りのチケットで一枚につき一回講座を体験できるというお得なコース……まあ、新規会員獲得のためのキャンペーンだからお得なのは当然なのだが。

しかし最後の一枚をどう消化するか——これが今回の議題なのだが——で意見が割れていた。これまで料理、将棋、日本史、小説執筆と様々なものを試してきたが、どうしても何が最後に相応《ふさわ》しいかと考え出すと、これがなかなかに難しい。

「だがお前の言うダンス講座なんて、どう考えても私の役には立たない」

「ウチは予習したいノ！　二学期から学校の授業でダンスをやるからサ」

公子と真紀は少しばかり相性が悪い。それでいて決して険悪な雰囲気にならないのは、真紀が公子に一目置いているせいではないかと千鶴は分析している。

「だったら完全に神原の都合じゃないか」

「娘心館《じょうしんかん》でもやるんじゃないの？　ウチはそう聞いたことあるヨ」

「……やるかもしれないが、とりあえず今年度はない。来年か再来年か……もしかしたらカリキュラムが変わってやらない可能性もあるだろう。身体を動かすのはそこまで苦手ではないし、レッスンを受けるのは本格的に困ってからでいい」

千鶴は公子のそんな物言いにどうも違和感があった。公子はいつも明快な論理でスパッとものを言う方だ。やりたくないのならにべもなく断っていただろう。それが今はまるでダンスをやりたくない理由をどうにか探しているようだ。

「どうかしたのミカちゃん？　ずっと何か悩んでるみたいだけど」

先崎桃《せんざきもも》が何気ない口調で公子にそう訊ねた。桃はこの中で一番幼いようで実は人のことをちゃんと観察している。これも何らかの助け船ではないだろうか。

「……今は小説のことで頭が一杯なんだ」

公子はため息交じりに答える。

「あれ、何か面白い本でもあったの？」

「そうじゃない。書く方だ。勿論《もちろん》、読む方も相変わらず好きだが」

どうやら、前回の小説講座から思うことがあるらしい。あれは公子の希望で受けた講座だったから、元々あった創作意欲に火がついたのだろうか。

「折角《せっかく》だからこの夏休みに一本ぐらい仕上げてみたい。それでどうせなら、小説の役に立つ講座を受けたいんだ」

「なるほどね。だけど何事も経験って言うから、ダンスも無駄にはならないと思うよ」

「確かに体験が無駄になるとは思わない。だがダンスが私の創作活動にとってどう有益になるか考えると……いささか遠い気がしてな」

「遠い？」

「例えば俳句とダンスなら、前者の方が創作のプラスになりそうだろう？　要はチケット一枚で何を得るかという話だ。どうせならなるべく有意義な使い方をしたい」

出会った頃の公子はあまり自分の欲求を率直に口にする方ではなかった気がする。それだけ本気になったということだろう。そんな友人の変化を好ましく思いつつも、将来何がしたいのかがまだ見えてこない千鶴としては、どこか寂しい。

「相変わらず理屈っぽいナー」

真紀がどこか呆れた表情で言い放つ。

「相変わらずとはなんだ。知ったような口をきいて。何でも言語化しないと、上手《うま》く筆が動かないことにようやく気がついたんだ」

「あっそ。その内、考えないと一歩一歩前へ進んでいくこともできなくなるんじゃないかナ。だけどこのチケット、もうじき期限切れになるってことを忘れないでヨ」

そう言って真紀は一枚の紙をテーブルの上に叩きつけるように置く。そこには受講可能な講座の名前が、一覧となって印刷されていた。

やさしいギター入門
あなたも電子オルガンが弾ける
ダンスレッスン初級編
ペーパークラフト講座
スケッチ入門
なれる！　気象予報士

千鶴としてはどれもあまりピンとこないので正直こだわりはないのだが、それを口にしたらおしまいである。

「学校の夏期講習のことは悪かったと言ってるだろう。だが、それを引け目に思ってダンス講座に申し込んだりはしないぞ」

公子の通う娘心館は進学校で、一学期の終業式が終わった後も七月いっぱいは夏期講習が行われる。だから他の三人は公子と足並みを揃《そろ》えるために、敢《あ》えてチケットを使わなかったのだ。

「そうだ。暮志田はどう思う?」

突然、公子から水を向けられて、千鶴の身体は硬直する。

千鶴には引っ込み思案で人に合わせすぎるところが欠点だという自覚があった。そしてその癖、人の陰に隠れながら自分に都合良く事を運ぼうとするからタチが悪い……はっきり言えば、最低の人格だと思っている。

だからこそ変わりたい。彼女たちと出会って、ようやくそう思えたのだ。誰かの顔色を窺《うかが》いながら物を言うのではなくて、自分の頭で考えてはっきりと意見を言いたい。

……ダンス講座自体はそう悪くないと思う。一度やっておけば、きっとどこかで役に立つだろう。だが最後の一回に相応しいかと言われると微妙なところだ。今後、この四人の関係がどうなっていくかは解《わか》らないし、もしかすると四人で一緒にこんなことができるのも最後かもしれない。

千鶴はそこまで考えて自分の意見をまとめる。ダンス講座が良いかどうかという点をメインにすると、真紀の気分を害するかもしれない。だからダンス講座という選択自体は悪くないと褒めつつ、『最後の一回』に相応しいかどうかは疑問ということを伝えればいい。

千鶴はどうにか一瞬でここまで考えることができて、安堵《あんど》する。少しは成長しているのだ。

「千鶴を巻き込んで、また二対二の引き分けに持ち込もうってこと？」

しかし間を取りすぎたせいか、真紀が先に口を開いてしまった。

「いや、これまで三人の希望が通ってきた。最初の料理教室はノーカウントとしても、最後の一回は暮志田に権利がある」

「おっと引き分け以上を狙ってきたか。流石《さすが》、策士様は汚いネ」

真紀の混ぜっ返しで突然、舌がずっしりと重くなった。単に四人の内の一人として意見を述べて終わるつもりだったのに、それが許されないと解った途端、千鶴の時間はまた巻き戻った。

やっぱり、いきなりは変われないか。

「そうですね……正直、迷いますね」

千鶴は曖昧《あいまい》に返事をしながら、必死に言葉を探す。

「ダンス講座は楽しそうなんだけど、他にも面白そうな講座はあるし……勿論、あまり時間がないことは解ってますけど……」

千鶴が歯切れ悪く言葉を繋いでいると、突然涼しい風が吹いた。木陰でもしのぎきれない暑気を風が払ってくれたお陰で、束の間の清涼感を得ることができた……かと思ったのも束の間、千鶴はふくらはぎを何かがかすめていくような感触を覚えた。

「ひゃっ」

千鶴は思わず立ち上がって自分の足を見る。しかし幸か不幸か異状はなく、それがかえって千鶴の不安を煽《あお》る結果になった。

「どうした暮志田？」

「今、足に何かが触れて……」

公子は千鶴の足に視線を向けると真面目《まじめ》な顔でこう言った。

「民俗学的に、妖怪や怪異の類《たぐ》いは特に足を狙ってくるというが……」

「へ、変なこと言わないで下さい」

公子の博学ぶりは尊敬しているが、その知識は今披露《ひろう》して欲しくはなかった。

「そういえばこの辺って怪談で有名だもんネ。夏だし時期的にはぴったりじゃん」

「だからやめて下さい！」

真紀は四谷怪談のことを言っているのだろうが、怖い噂話を聞かされて育った地元民の千鶴にしてみればたまったものではない。

桃なら気を使ってくれる筈《はず》だと思って桃を見たら、彼女は彼女で遠くを見ていることに気がつく。それはまるで見えない何かを見ているようで……桃の表情に千鶴も段々と鳥肌が立ってきた。

やがて桃は一点を指差しながら千鶴に注意を促す。

「チヅちゃん、あれ……」

「先崎さんまで！」

「あっ、ちょっと待ってて」

千鶴が抗議をしようとした途端、桃は断りを入れてどこかへ走っていった。そしてほどなくして、手にゴミのようなものを持って戻ってくる。それでようやく、千鶴は桃が見ていた方角が風下だったのだと気がついた。

「多分、これが足をかすめたんじゃないかな」

桃が差し出したのは皺《しわ》が寄って丸まった一枚の紙だった。

「西部劇とかでよく見るアレみたいに転がっていくのを見たし」

「タンブルウィードだな」

桃から紙を受け取った千鶴は、ゆっくりと広げてみた。そのまま捨ててしまっても良かったのだが、何故だか気になったのだ。紙はかなり厚手で大きく、少なくともチラシの類いではなさそうだが……。

紙を開いて現れたのは、風景のスケッチだった。

「あ……凄《すご》いです」

写実的な筆致で描《えが》かれたそのスケッチは、土埃《つちぼこり》にまみれて汚れてはいたが、どこかとても高い場所から地上を見下ろして写生されたものだということは、一目で伝わった。

「上手いな」

公子が嘆息するのも無理はない。鉛筆描きながら黒の濃淡だけで雲も表現されており、作者が単なる素人《しろうと》ではないことを窺わせた。紙の上辺が妙にギザギザしているのは、スケッチブックからちぎり取られたせいだろう。よく見れば紙自体も結構大きいサイズだ。

眺めている内に千鶴は、絵の中央部に馴染《なじ》みのある場所が描かれていることに気がついた。

「これ、皇居かな?」

千鶴が何となく考えていたことを、桃が代弁してくれた。

「濠の形から考えて間違いないだろうな」

皇居はかつて江戸城があった場所にあり、濠も含めると広い。

「あのサ、これ角度的に考えてその辺にあるビルからじゃ描けないよネ?」

真紀が携帯電話を操作しながらそんな疑問を口にする。どうやら何かを調べているようだ。

「根拠は何だ?」

「こーれ」

真紀は携帯電話の画面を三人に見えるように差し出す。そこには高所から皇居を撮ったと思《おぼ》しき、一枚の写真が表示されていた。

「今、検索して見つけたけど、東京スカイツリーから撮った写真だって」

東京スカイツリーは墨田《すみだ》区にある電波塔だ。高さは人工物としては破格の六百三十四メートル、長らく日本一だった東京タワーをその座からあっさりと引きずり下ろした。

勿論、電波塔なので上の方はアンテナ部分だが、それでも一般開放されている展望台でも四百メートル以上はあった筈だ。

「ね？　角度、近くない？」

スケッチと写真を見比べると確かに皇居を見下ろす角度はほぼ同じか、それに近いように思える。

「まあ、スカイツリーで描いたんじゃないかな。あれほどの高さの建物って他にないし」

「そう結論を急ぐな。大事なことを見逃してるぞ」

公子はそう言うと、スケッチされた皇居を指差す。しかし千鶴には公子が何を言いたいのか解らない。

「何ヨ？」

「向きだ。濠の形から考えて、これは皇居を北西の方角から描いている。だがスカイツリーは墨田区だ」

「あ……」

言われてみればその通り、絵の手前に描かれた濠は半蔵濠《はんぞうぼり》だろう。すると当然の疑問が湧き起こってくる。

「方角的に考えて、目白《めじろ》か高田馬場《たかだのばば》あたりにスカイツリーほどの建物があることになるが……流石の私もそんな建物は知らないな」

「はいはい、知らなかったウチが馬鹿でした！」

ふて腐れる真紀の顔を眺めていたら、千鶴はあることを思い出した。

「あ……建物からじゃなくて、ヘリから描いたのかもしれません。わたしの父はカメラが趣味なんですが、年に一回か二回、ヘリ飛行を申し込んで都内の景色を空から撮影するんです。確か上空二千フィートって言ってたから、結構高いんじゃないでしょうか」

「二千フィート……約六百十メートルだから、まあ展望台よりはさらに高いし、充分か」

「なるほどなー。ヘリなら不思議じゃないネ」

「ちょっと待って。大事なことに気がついたけど……ヘリって動くよね？　だったら写生なんて無理じゃないの？」

桃の言葉に千鶴も含めて皆が固まった。絵のおかしな点を解消できたと思ったら、またすぐに別のおかしな点が出てくる。どう考えればいいのだ。

「もしかしてこれ、ＵＦＯから描いたんじゃないかな」

桃が真顔でそう言う。

「ＵＦＯなら空中で静止できるし。きゃとるみゅ……なんだっけ？」

「キャトルミューティレーションか」

「そうそれ。ＵＦＯに誘拐されて、外に何とか助けを求めたんじゃないかな？」

「誘拐されるだけならアブダクションかな」

「流石、詳しいねミカちゃん」

「それしか取り柄がないからな」

「あー、もう！」

聞いてられないとばかりに叫んだのは真紀だった。

「そんな馬鹿馬鹿しいことってある？　ＵＦＯとか、流石にないって」

「不可能を消去して最後に残ったものが如何《いか》に奇妙なことであっても、それが真実となる……」

だが真紀は、怪訝《けげん》そうに公子の顔を見る。

「ミカ、突然何恰好いいこと言ってんの？」

「いや、シャーロック・ホームズの名言を思い出してな。状況だけ考えると、現時点では先崎の答えを否定することはできない」

「だったら空撮した写真をスケッチしたのかも」

「なんのために？」

「練習じゃないノ。でも練習で描いた絵だから丸めて捨てた、とかサ」

真紀の反論を聴きながら、千鶴は何気なく絵を裏返した。地面を転がったためか、裏はかなり汚れていた。しかし元々何も描かれていない面なので、被害は少なそうだ……と思った瞬間、千鶴は大きな悲鳴を上げてしまった。

周囲の土埃によって「助けて」という文字だけが、くっきりと浮かんでいたからだ。

＊

そういえば昨日は結局、有耶無耶《うやむや》になって終わっちゃったな。

翌日の昼前、宿題を終えた桃は自室で一息ついていた。

千鶴の叫びと「助けて」の文字で最後の講座決めはストップ、それからこの謎についてああでもないこうでもないと検討している内に時間切れになってしまったのだ。

一応、解散してから近所の交番に寄って顔見知りの警官に絵について相談してみたが、たったそれだけの根拠で動くのは難しいということをやんわりと言われてしまった。現物があれば少しは説得力が増したのかもしれなかったが、生憎《あいにく》絵は千鶴が持って帰ってしまっており無理だったのだ。

最後のチケットの使い途《みち》についても保留になり、今日の夕方を目処《めど》に決めることにはなったが、もともと何でもいいと思っていた桃にとっては気の重い課題だ。

いきなり机の上の携帯電話が震えた。確認したら千鶴からのメールだった。

内容は『ちょっと二人で会えませんか?』というもので、おまけになるべく早く会いたいとのことだった。何か引っかかりつつも桃は二つ返事で了解し、四谷文化センターのロビーで待ち合わせることにした。

「どうしたのチヅちゃん。二人きりで話なんて」

「まず最初に謝っておきたいことがあります」

開口一番、千鶴はそう言って頭を下げた。

「そうなの?」

なんだろうか。昔、友達が貸した本を汚してしまった時とよく似た表情をしているが、千鶴には何も貸していない。まあ、千鶴の性格から考えて、悪意があって何かをしたということはないだろうが……。

「まあ、とりあえず座ろうよ。ね？」

桃はそう促して、合皮張りの長椅子に千鶴と並んで腰を下ろす。周囲は適度に騒がしく、むしろ二人きりで話すには丁度良かった。静かな空間で二人きり、真面目に話すのはどうも苦手なのだ。

「それで、何を謝ってるの？」

「実は昨日、最後のチケットを使っちゃいました」

この告白には桃も少しばかり驚いた。一番そういうことをしそうにないのが千鶴だと思っていたからだ。

「別に謝らなくてもいいよ。何を受けたの？」

「気象予報士の講座。あれからここに寄ったら、空《あ》きが出てるって掲示があったから思わず……」

「チヅちゃんって気象予報士に興味があったの？」

桃のそんな疑問に千鶴はかぶりを振る。

「ううん、全然。結果的に大きな収穫はありましたけど、そこまで興味があったわけでは……」

「待って。順を追って説明して。どうしてチヅちゃんが気象予報士の講座を受けようと思ったのか、どんな収穫があったのか、それと……とりあえず全部」

桃には複雑に物を考えるのが苦手だという自覚がある。実際、将棋講座の時は限られた情報から全体像を勝手に想像して判断を誤った。だからその反省を活《い》かして、今は何か事にあたる際はなるべく多くの情報に触れようと心がけている。勿論、情報の処理速度は相変わらずなのだが……。

しかし千鶴はどうしてこんな自分を呼び出したのか。他の二人の方がよほど頼りになるだろうに。そう思っていると千鶴は例の絵を取り出した。

「きっかけは本当にたまたまでした。気象予報士の講座に空きが出てることを知った瞬間に閃《ひらめ》いたというか……この絵って汚れてはいたけど、描かれているものはちゃんと判別できましたよね？　だから雨に遭わなかったのではないかなって思いまして」

「あっ」

千鶴に言われて気がついたが確かにそうだ。たとえ小雨であろうが、少しでも水に濡れていたらあの詳細なタッチは台無しになっていた筈だ。

「最後に雨が降ったのは一昨日《おととい》の午後四時から七時の間ですが、先崎さんはその時間帯にこの辺にいましたか？」

「うん。家でご飯食べてたよ」

降っていた時間こそ短かったが、かなりの土砂《どしゃ》降りだった記憶がある。傘を忘れた父親が、ずぶ濡れになって帰ってきたからよく憶えている。

「なるほどね。雨が降ってそれからまたアスファルトやコンクリートが乾くまでに、数時間かかったとして……この絵が捨てられたのは昨日の未明かな」

この絵を拾ったのは昨日の昼過ぎだから、捨てられてから拾われるまでは長くても九時間かかるということになる。

「だけど、いつどこに捨てられたのかまでは解らないよね。これならＵＦＯから落とした可能性もまだ否定できないんじゃないかな」

桃も別に本気でＵＦＯ説を信じているわけではない。

「それなんですが、ＵＦＯ説を否定するような話を講師の先生から聞いたんです。ちょっと難しい説明になるかもしれないけど聴いて下さい」

千鶴の話はまず雲の性質についての説明から始まった。続いて雲の種類とその高さ、エトセトラエトセトラ……。

「……で、つまりわたしが考えているのは」

「ちょっと待って。少し整理させて」

桃は思わず制止する。千鶴の説明よりも桃の理解の速度が遅いせいで、頭の処理が追いつかないのだ。

「ご、ごめんなさい」

「あと、その絵をちょっと借して欲しいんだけど」

桃は千鶴が差し出した絵を受け取るとそのまま膝に載せて、刻まれた皺を一つ一つ指でなぞる。そうしている内に心が落ち着いて、考えを整理できる……筈だったのだが、これは浅い皺、こっちは深い皺、浅い皺、深い皺……そうやって触っていると、だんだん皺の方にほとんどの意識が向き始めた。

浅い皺はだいたいジグザグに走っていた。きっと絵を丸めた時にできたものだ。多分、絵を拾った誰かが興味を失って、ゴミ箱に投げようとする際にくしゃっと丸めたのだろう。一方で深い皺はよく見ると直線だ。まるで何らかの意思が込められているように……。

もしかしてこれは折り目だったのでは？

幼い頃、桃の祖母はよく桃に折り紙を教えてくれた。桃もそれが楽しみで次々とマスターしたものだ。だから桃にとっては、折り目から完成形を見つけることも、決して難しい業《わざ》ではない……閃いたら後は一直線だった。桃は深い皺を探しながら復元を試みると、やはり桃の想像通りの形に辿《たど》り着いた。

「あの……先崎さん、大丈夫？」

千鶴がおそるおそるといった様子で声をかけてきた。一心不乱《いっしんふらん》に紙を折っている桃を見て不安になったようだ。そんな千鶴に、桃は満面の笑みとピースで応じた。

「大丈夫。雲の話はまだ解ってないけど、あたしはあたしで面白いことに気がついたよ」

「本当？」

「それでちょっと確かめたいことができたから、抜け駆けしてチケットを使っちゃおうと思ってるんだけど……あの二人にはちょっとだけ黙っててくれる？」

「え……構いませんが」

千鶴は突然の申し出に面食らった様子だ。だから桃は千鶴にも意図《いと》が伝わるよう、ウインクしてこう言ってやる。

「これであたしたち、共犯だね？」

「あ……」

「折角だからあたしたち、別々に何かを思いついて講座に行ったことにしようよ。それで考えを持ち寄って推理を組み立てた……そうすれば心の負担は半分になるでしょ？」

敢えて口にしなかったが、あの二人には桃から上手いこと伝えるつもりだった。そうした方がきっと千鶴も楽だと思ってのことだ。

「まあ、そもそもマキちゃんもミカちゃんも怒らないとは思……」

桃がそう言い終える前に、いきなり千鶴が桃に抱きついてきた。突然のことに今度は桃が面食らう番だった。

「えーと、チヅちゃん？」

「駄目でした？」

「え、駄目じゃないけど……」

すると千鶴は安心したように桃を抱きしめながら、こう囁《ささや》いた。

「……先崎さんがそうやって誰かを思いやってくれるところ、わたしはとっても尊敬してるんですよ」

桃はただ照れて、返す言葉が何も出てこなかった。

＊

「マキちゃん。あたしたち、気がついちゃったんだ！」

夕方、真紀は桃からの突然の呼び出しでセンターにいた。

「あたしたちって……まさかウチ以外の全員？」

二人が座っているのは自販機コーナーの一角にあるテーブル席、真紀の前には桃からのお詫《わ》びの品としてブリックパックのオレンジジュースが置かれていた。

「違う違う。チヅちゃんとあたしだけ。ミカちゃんは関係ないよ」

桃の言葉に思わず安堵していた。公子に出し抜かれたのでさえなければ、別にショックでもない。

「ほら、あたしたちこの辺に住んでるでしょ？　ご近所同士で相談し合った結果、手分けして調べることにしたんだ」

桃の話によると、一昨日この一帯で大雨が降ったことを起点にして、独自の捜査を始めたそうだ。

「けどサ、その絵がどこで捨てられて、どうやってウチらのところまで運ばれてきたのかまでは解らないよネ？」

「それがさ、解ったかもしれないんだ」

桃はニッコリ笑う。

「その考えを確かめるためにチヅちゃんは気象予報士の講座を、あたしはペーパークラフトの講座をそれぞれ受けたんだ。だからマキちゃんと一緒にダンスの講座を受けられなくなっちゃった。ごめんね」

「いや、そこに関しては別にウチも怒らないヨ。もしかしたら人の命がかかってるかもしれないし」

しかし真紀には桃のチョイスが解りかねた。天気のことを調べるために気象予報士の講座というのは理解できるが、ペーパークラフトなんて何の役に立つというのだろう。

「ペーパークラフト？　描く方じゃなくて作る方？　初級お絵かき教室でなくて？」

つい似た質問を連呼してしまったが、桃は悪戯《いたずら》っぽく笑って絵を取り出す。その質問を待ってましたと言わんばかりだ。

「この絵ね、最初から丸まってくしゃくしゃだったけど、穴が開くほど眺めてたらあることに気がついたんだ」

「あること？」

真紀もじっと絵を眺めてはみるが何も解らない。

「見てて。一見シワシワだけど、実はちゃんとした折り目があったんだよ」

桃はテーブルの上で一度絵の皺を伸ばすと、折り目の通りに折っていく。ほどなくして真紀の目の前に現れたのは……。

「それ、紙飛行機だったノ？」

桃は得意気な表情で肯《うなず》くと、オーソドックスな形状の紙飛行機を掲げてみせる。かなりよれてはいるが、投げ方さえ悪くなければ幾《いく》らかは飛びそうだ。

「気がついたのはたまたまだけどね」

絵が飛行機の形を取った途端に、真紀の中で急速にイメージが固まっていった。

「あ、そっか。単に絵が上手い人が自分の絵を丸めて公園に捨てたと考えるよりは、どこかに監禁されている人が『私はここにいます。助けて下さい』ってメッセージを込めて紙飛行機を飛ばしたと考えた方が自然だよネ」

それなら監禁されている場所の住所が解らなくてもメッセージとしては成立する。

「そう。だけど結局拾った誰かにゴミとして丸められて捨てられてしまったんじゃないかなって考えたんだよ」

「けど、その飛行機ってどれぐらい飛ぶの？」

「やっぱりマキちゃんもそう思うよね？」

桃は真紀の質問に笑顔で応じた。おそらく答えはもう用意できているのだろうが、どうやって……。

「あ、ペーパークラフト講座！」

真紀の言葉に桃は肯く。

「そうなんだ。あの講座は楽しかったけど折角だからって、これと同じサイズの紙飛行機を折って先生に訊いてみたんだ。『私の紙飛行機、どうですか？』って」

なるほど、確かにこれは有意義なチケットの使い途だ。

「そうしたら先生は『発想は悪くないけど、飛距離を稼ぐという目的なら大きくて重いのは良くないですよ』って。紙飛行機の飛距離のギネス記録は六十九メートルだけど、それは無風状態かつ、特殊な折り方と投げ方をする前提での話なんだって。この紙飛行機でそれなりの距離飛ばすにはそれ相応の高さが必要になってくるって言ってたよ」

「つまり地上で飛ばしても知れてるってこと……だったら絵を描いた場所から飛ばしたって考える方が自然だネ」

「それでさ、この絵には雲が描かれてるよね？」

「うん。だからこそスカイツリーやヘリの可能性を検討したわけだしサ」

「これは気象予報士の講座を受けたチヅちゃんから聞いた話なんだけど、雲って結構低いところまで降りてくることがあるんだって」

桃の説明によれば、雲は元々水蒸気の塊だが、湿気が多い日は更に水蒸気を吸って重くなり、その分降りてくるということだ。

「ああ、やっと解ったヨ。一昨日は土砂降り、つまり雲も相当重かった可能性があるってことね。それで現実的にどのくらいのところまで降りてくる可能性があるの？」

「街中でも百メートルぐらいなら普通にあり得るって話だけど……それを見下ろせる建物ってどこだろうね？」

それを聞いた瞬間、真紀にはピンと来るものがあった。

「タワーマンションかも」

「何それ？」

タワーマンションとは高層マンションだ。決して広くはない土地にも建てられるということで、地価の高い都市部でよく見られる。

「ああ、あのおっきい建物か。よく見るよね」

簡単に説明してやると、桃もすぐ解ったようだ。

「だけど、百メートルもある？」

「いや、普通は六十メートル未満だヨ。それを超えると基準が一気に厳しくなるからネ、コストもかかる」

「でも六十メートルより大きそうなマンションも見かけない？」

「勿論、値段が高くなっても売れそうなら八十メートル級、九十メートル級のやつを建てると思うヨ。ただ、それにしても百メートル超えると更に厳しくなるから、その手前ぐらいで止《や》めるんじゃないかナ。更にヘリポートを作る義務があるとか聞いたことあるし」

だがそこは市場原理、求める者さえいれば建てられる筈だ。現に数は多くないが、百メートル級のタワーマンションも普通に存在する。

「マキちゃんは何でも知ってるね」

桃にそう言われた瞬間、なんとも言えない感情が真紀の胸に広がった。

「たまたまだってば。この間、幕末の話を聞いてから、歴史だけじゃなくって東京の地理にも興味が湧いてサ。自分なりに色々調べるようになったんだ。今のもその延長」

生きていく上ではちゃんと勉強して身につけた知識も必要だと、自分なりに感じた結果だ。公子に比べれば付け焼き刃もいいところだが、少しはマシになっているだろうか。

それに何でも知っているというのは、公子みたいな人間を指すのだ。

「実際、これを打ち明けるならミカじゃないノ？」

「ミカちゃんは確かに色々な知識があるけど、ストレートに役に立つ情報を沢山《たくさん》持ってるのはマキちゃんかなって」

「……気のせいだって」

だが、桃の言葉で妙なやる気が生まれたのは事実だ。

家に帰ったら可能性のあるタワーマンションを洗い出してみようか。いや、できれば絞り込みまで自分でやってしまいたい。そのためにはもう少し情報が必要だ……。

「あのさ……」

真紀は桃に遠慮がちに訊ねる。上手く行く保証はないが、このアイデアを試さずにはいられなかった。

「どうしたの？」

「ウチ、ちょっとスケッチ講座を受けてこようと思うんだけど、この絵を預かってもいい？」

＊

『聴いてよミカ。ウチ、特定できたかもしれない！』

午前九時ちょうど、自室でパソコンのテキストエディタを睨《にら》んでいた公子の元に、そんな電話がかかってきた。

「いきなりどうした？」

勿論、電話の主は真紀だ。その声には熱に浮かされているような響きがある。もしかして、公子が起床していそうな九時になるまで、電話をかけるのを待っていたのだろうか。

『今言った通りだって。特定できたかもしれない』

「それは解ったから、何がだ？」

『だからスケッチの作者がいる建物を、ほぼ特定できたと思うって話！』

そういえば……と公子はスケッチのことを思い出す。桃が外濠公園であれを拾ってから、まだ丸二日も経っていない。

『実はさ、ウチらリレーみたいに一人ずつ順番に、捜査や推理をしてたんだ。勝手にアンカーにしちゃってごめんネ。みんなを代表してウチが謝るヨ』

「いや、それは全然構わないんだが……」

正直、この二日は小説のことで頭がいっぱいで、スケッチの謎を顧《かえり》みる余裕がなかった。疎外感を覚えるどころか、三人の熱の高さに戸惑っているぐらいだ。

『今、パソコンの前にいたりする？　一応、丁寧《ていねい》に説明するつもりだけど、何か解らないことがあったらその都度検索してネ』

「ああ。別に遊んでるわけじゃないが」

以前の公子なら電話を切って執筆に戻っていたかもしれないが、不思議とそんな気は起きなかった。三人との交流を通して、何かが変わりつつあるのかもしれない。もっとも、その正体を上手く言語化できないのが気持ちの悪いところだが……。

『じゃあ、これまでの経緯を説明するから』

真紀の話をよく聞くと、作者はどこかのタワーマンションから見える風景をスケッチした後、絵を紙飛行機にして飛ばしたのではないかというのが三人の推理の前提で、それ以外の可能性は捨ててかかっているようだった。

『だいたい解った？』

「そうだな……折り目の件は納得したが、そんな決め打ちでいいのか？」

『あのさ、ウチも昨日の夜にスケッチ講座を受けたんだ』

「一応、訊いておくがなんのために？」

『少しでも手がかりが欲しくてサ。まあ、そんなに収穫はなかったけど、気がついたことがあるんだ。あの絵が描かれてたスケッチ用紙、F8ってサイズだったヨ』

「F8……聞き慣れない規格だが、それがどうしたんだ？」

『講師の先生によると、あのサイズのスケッチブックを写生用に持ち歩く人は珍しいんだって。実際、画板より一回り小さいぐらいだから、かなり嵩張《かさば》るんだよネ。だから出先じゃなくて、例えば自分の部屋とかから描いたんじゃないかって思ったんだヨ』

真紀にしてはロジカルだ。勿論、Ｆ８サイズのスケッチブックを持ち歩く人種もいるのだろうが。

『まあ、どうして絵を外に向けて飛ばしたのかは解らないけど……本気で助けを求めてたわけじゃないと思うんだよね』

「何故そう思う？」

『桃が訊いたところによると、あんな大きな紙で紙飛行機作っても重くて飛ばないんだって。実際、それならＦ８の紙を四つ切りか八つ切りかにして紙飛行機を量産した方が絶対に効率がいいでショ』

まあ、それは真紀の言う通りだろう。

『だからウチは、この絵の作者は海に手紙入りのボトルを流す感覚で、紙飛行機を飛ばしたんじゃないかナって思うんだ』

何ともロマンティックな結論だと思ったが、公子は敢えて口にしなかった。口喧嘩《くちげんか》で脱線したくはないからだ。

「そこは納得するとして、だったら絵の作者はどこからこれを飛ばしたんだ？」

『タワーマンションだよ。最低でもそのぐらいの高さが必要だって結論が出たんだ』

「タワーマンションも沢山あるだろう。どうやって特定するんだ？」

『まず絵が皇居の北西の方角から描かれているというのは動かせない事実でショ。皇居の北北西、北西、西北西以外は全部除外する。そうしたらなんと、三つに絞られたんだ』

「三つ？　えらく少ないな」

『だってまず、凄く高くないと駄目だから。あの周辺のトップスリーは九十メートルのキャニオンヒルズ市ヶ谷、九十五メートルの牛込《うしごめ》ハイタワー、あと百十五メートルのドラゴンズタワー四谷。あとは六十メートル以下のタワーマンションばっかりだからこれも除外しちゃう』

「根拠は？」

公子が訊ねると、真紀は雲の性質を説明してくれた。

『湿気や気圧、あと温度によって変動するけど、流石に六十メートルより下になることはまずないんだって』

説明の内容は部分部分であやふやだったが、まあ付け焼き刃にしてはそこまで悪くなかった。理屈はともかく、結論は受け入れても問題なさそうだ。

「なるほど、だから六十メートル以下のタワーマンションは除外できるわけか。しかし、その三つからどうやって絞り込むんだ？」

『紙飛行機はそこそこ飛んだかもしれないけど、外濠公園までホールインワンとは行かなかったと思うんだよネ。むしろあの汚れ方を考えるとどこかに落ちて風で転がされてきたと考えるべきかナって。だとすると、まず牛込ハイタワーは除外。だってウチらが絵を発見した外濠公園と牛込ハイタワーの間には大きなＯＢゾーンがあるから』」

「ああ、防衛省か」

市ヶ谷と言えば防衛省だ。あそこの敷地内に落ちれば清掃時に回収され、然《しか》るべき手順で処理されるだろう。あんな風に公園を転がることはない筈だ。

「残りは二つか。どっちなんだ？」

『急《せ》かさないノ。雲ってさ、百メートルぐらいまで降りてくることはざらにあるんだって。ということは、百メートル未満のキャニオンヒルズ市ヶ谷では、雲を見下ろすのが難しいから除外。理解できた？』

「なんだ、そんな低い場所まで下がってくるのか。意外だな」

『あれ？』

真紀の方が不思議そうな声をあげる。言いたいことは解るが、もう少し感情を抑えられないものか。

「……私だって何でもカバーしてるわけじゃない。勉強面でも不得意分野はある」

『ウチ、地学を勉強するから！』

「解った解った。今後はよろしく頼む。それで最後に残ったドラゴンズタワー四谷の、最上層階付近なら雲を見下ろすことができる……そう言いたいんだな？」

『それだけじゃないヨ。きっと南か東に面した部屋。でないと紙飛行機も飛ばせないからネ……どう？』

真紀の推理に、公子は素直に驚いた。

「想像以上に論理的だったな。少し見直したぞ」

『想像以上も、少しも、見直したも、余計だってば』

そうは言いつつも、真紀の声はいくらか満足気な響きがあった。

『まあ、今はここまでで精一杯なんだけどネ』

「一晩中調べてたんだろう?」

電話口の向こうで言葉に詰まる気配がした。

『……なんで解ったノ?』

「お前がそれだけハイな原因が、徹夜明け以外に思いつかなかったからだよ」

『ああ、その通りだよもう。誰かさんの真似して頭を使ってみたけど、かなりしんどいネ。ウチも少し見直したヨ』

「何をだ?」

『……アンタの頭脳。やっぱり然るべき知識が身についてないと、思うように推理もできないんだナって解った』

小説講座での一件もあり、勉強ができるぐらいではどうにもならないことがあると理解して以来、公子は自分の頭脳をそこまで誇りに思えなくなっていた。だが、いざこうやって友人から改めて評価されると、色あせた筈の花が突然鮮やかさを取り戻したような気分になる。

『正直サ、説明もところどころかなり怪しかった気がしてるけど、納得してくれた?』

「ああ、納得したよ。神原が捜査のどこで躓《つまず》いて、どうやって立て直したかも見えた気がしたからな」

『そのフォロー、蛇足《だそく》じゃない？　ウチは……』

抗議が突然途切れ、大きな欠伸《あくび》に切り替わった。真紀は活動限界が近いらしい。

公子は苦笑しながら訊ねる。

「捜査の過程はそれで全部か？」

『え？　うん、だいたい話したと思ったけど』

「じゃあ、後は私が引き継ぐ。画面を睨んでばかりじゃ不健康だからな。運動がてら調べてくるよ」

『あ、えっと……それは助かるけど……いいや。ミカに任せる。そっちの方が確実っぽいし』

簡単に言うな。ここからが面倒なんだぞ。対象の部屋がどれだけあると思ってるんだ。

そうは思っていても、口をついて出てきた言葉は丸っきり正反対だった。

「ああ、任せろ」

きっとそれが自分の才能を認めてくれた真紀に対する、最良の返事だという気がしたからだ。

＊

ドラゴンズタワー四谷は見上げると遙かに高く、さながら神の怒りに触れたバベルの塔のようだった。建築基準はクリアしているだろうが、やはりバチ当たり感は否《いな》めない。

マンションの前で公子は一人、そんなことを思っていた。

さて、始めるか。

公子はまず玄関に近寄って観察する。やはり共有玄関はオートロックで、部外者の公子に侵入する方法はない。それでも公子には作戦があった。

公子は管理人の気配を探る。これだけの高級マンション、管理人を常駐させないと口うるさい住人からのリクエストや様々な問題にも応じられないだろう。

はたして公子の目論見《もくろみ》は当たった。箒《ほうき》とちりとりを持った老人がマンションのロビーから外に出てくるのが見えたからだ。

「あの、すみません。このマンションを管理されている方ですか?」

老人は六十を幾らか過ぎた感じの、品の良さそうな男性だった。

「そうですが、わたしに何か?」

管理人は柔和《にゅうわ》な笑顔でそう訊ね返す。露骨《ろこつ》に怪訝そうな目を向けられないのが女子中学生のいいところだ。いきなりこんな風に切り出しても不審者とは思われない。

「今、そこを歩いていたら上の方から絵が落ちてきまして。それがどうもこのマンションなんじゃないかなと」

公子の言葉に管理人は微《かす》かに表情を歪める。勿論、出任せだ。だが手応えを覚えた公子は二の矢を継ぐ。

「実は友人も似たような経験をしたと言ってたので、もしかしてと思ったんですが」

「いやー、申し訳ありません。前々からご本人に注意はしているんですが……」

とぼけるのは得策ではないと判断したのか、管理人は苦笑しながら詫びた。

「いや、責めているわけではありません。ただ、とても素敵な絵だったから勿体《もったい》ないなと思いまして。きっとさぞ有名な方なんでしょうね」

「きっとご本人が聞いたら喜びます。アマチュアではありますが、実はあなたとさほど歳の変わらないお嬢さんですよ」

どうやら高校生ぐらいに見られているようだ。老けて見えるのか、それともこの年代の男性には見分けがつかないのか……まあ、今は作者の年齢と性別が判明しただけでも充分だ。

「これだけ上手いのに、プロじゃないんですか？」

「正確に言えばプロ志望です。聞けば絵の世界にも東大みたいな学校があるらしいんですよね。なんでも一浪二浪は当たり前とか。そんな狭き門を目指している方ですよ。わたしなんかには想像もつかない世界ですが」

おそらくその人物は受験勉強に行き詰まっているのではないだろうか。無論、公子も美大の受験に詳しいわけではないが。

「ところで、友人は絵がかなり上の方から落ちてくるところを見たと言ってましたが……なるほど、このマンションの高層階に住めるような家庭なら、第二志望・第三志望で手を打つ必要がないわけですね」

公子の言葉に管理人はニヤリと笑う。

「察しのいい方だ。まあ、詳細は入居者のプライバシーに関わるので言えませんが、そういうことです」

百メートル超えマンションのてっぺん近くの部屋だ。何億円払えば手に入るのか公子には見当もつかない。

「しかしその方の感じているプレッシャーは並大抵のものではないでしょう。いくらでも浪人できるとはいえ、結果が出ないことにはどうしようもないですし」

「だからこそ、なんですよ。きっと不安なんでしょう。注意しておさまったかと思えば、また絵を捨てるんです。わたしもほとほと困ってしまって」

やはり公子が密《ひそ》かに睨んでいた通り、創作上のストレスから来る奇行だったのだ。

「いや、悪い方じゃないんですよ。わたしはもうここに六年いますが、中学生だったあの方が重たそうな絵の道具を抱えて画塾に通う姿を見てますから。あれだけ打ち込んでも応えてくれないんですから、芸術の神様ってのは残酷ですね」

そう言って管理人は手に持った掃除用具に視線を向ける。そろそろ仕事に戻りたいのだろう。

「あの、最後に一つだけ。もしまた絵を拾った場合はどうしましょうか?」

「わたしを呼び出してくれたら本人に渡しておきますが……でも、もしも気に入ったのなら、貰《もら》ってしまった方がいいかもしれませんよ。あんまり大きな声では言えませんがね」

それはつまり、返却しても無駄ということか。

「あとそれとは別に、さっき話に出た友人が絵のファンになってしまって……手紙のようなものを渡したいと言っていたんですが、問題ありますか?」

管理人は人差し指で顎《あご》を掻《か》きながら宙を見つめていたが、やがて小さく肯いた。

「本当はこういうの、いけないんですがね。ただ、わたしとしてもあの人に絵を捨てるのをやめさせたい。北風と太陽じゃないが、注意よりは好意の方が効くかもしれませんね」

「では、手紙はどうすればいいですか?」

「わたしを訪ねてくれれば預かっておきますが、もし姿が見えなかったら直接ポストに投函して下さい」

「その人の家のですか?」

「ああ。そこの3106のポストですよ」

管理人が指した先にはただ部屋番号だけが刻まれた味気《あじけ》ない集合ポストがあった。採番ルールから類推するに、どうやら作者は三十一階の住人らしい。つまり真紀の推理は正しかったわけだ。

「まあ、名前を教えたわけじゃないから、セーフということです」

そうは言いながらも管理人は人差し指を唇に当てる。悪戯はやめてくれという意味だろう。

「ありがとうございます」

公子は管理人に礼を言い、マンションの前から去る。そして密かに笑う。

布石は打った。仕上げは明日だ。

外濠公園で絵を拾ってから丸三日、千鶴は待ち合わせのために四《よ》ツ谷《や》駅の地上出口前に立っていた。

今日は本格的な真夏日だ。暑い中、あまり外を出歩きたくはなかったが、例の絵を作者に返しに行こうと言われたらやはり無視はできない。

やがて待ち人が地下から現れる。

「すまない。待たせたか?」

「いいえ」

呼び出したのは公子だ。千鶴に端を発した捜査がいかなるルートで解決にまで辿り着いたのか、千鶴自身はまだ知らない。だからこそ、公子の口からそれを聞きたかった。

「付き合って貰って悪いな」

「いえ、こっちこそ。わたしの勝手からこんなことになってごめんなさい。三方さん、忙しいのに」

「小説が書けずにパソコンの前に座ってることを忙しいというのかどうかは疑問だが、むしろいい刺激になった。ところで絵は持ってきたか?」

「はい」

千鶴はカバンから筒を出す。絵としてはこれ以上なく傷《いた》んでいるが、一応巻いた状態で保管してある。

「二人には声をかけなかったけど、大丈夫でしょうか？」

「あんまり大人数で行くのもな。事後報告で我慢して貰おう。さあ、行くか」

目的地のドラゴンズタワー四谷まではそれなりに歩かなければならない。二人は道すがら、四方山話《よもやまばなし》に花を咲かせた。

「……という具合に、目当ての部屋番号を突き止めたわけだ」

公子の話によれば、管理人から作者の個人情報を上手いこと聞き出したらしい。

「まあ、名前までは解らなかったがな」

「凄いですね……探偵みたい」

「そうでもない。リスクは少ないと解っていても、とてもドキドキしたぞ」

そう言って公子は悪戯を成功させた子供みたいに笑う。出会った頃には考えられなかった変化だ。

「そういえば奥石《おくいし》先生の講座、受けないのですか？」

「当然、受けたい。だが、その際は母親を説得する必要がある」

「説得？」

「ただ小説講座を受けたいとだけ申し出ても、あれこれ訊ねられるのは目に見えている。趣味に止めるのか、それとも本気でプロを目指すのかぐらいは決めておかないと、受け答えができん」

「そんなお母様なんですね……」

「そもそもトライアル5コースに申し込んだのは本当の目的を隠すためのカモフラージュ、奥石先生の講座以外はどうでも良かったというのが本音だ。もっとも今となっては他の講座も受けて良かったと思っているのは事実だが」

「もしかして今、小説を書いてるのもそれに関係あるのですか？」

「ああ。奥石先生の講座もいつまであるか解らないが、まずは心構えと将来のヴィジョンを確立しておきたい。短編か長編かは解らないが一作でも仕上げておけば、説得に失敗しそうな時、家族に読ませることができる」

千鶴にはそう言い切る公子の心の強さが、心底眩《まぶ》しかった。

「凄い自信ですね。羨《うらや》ましいです」

「別に自信なんてないぞ」

「え？」

「上達したいから教えを乞《こ》いに行くんだ。だったら、今現在の私がどの程度のものなのかを確認しないのは逃げになる。塾だって入る前には実力テストを受けさせるだろう？」

理屈は解るが、そんな風にストイックに小説を書く人間は、少数派のような気がする。

「まあ、立派なことを言ってるが、実際はまだ全然書けてないのが現状だ。書いたものが自分の評価に繋がると思うとどうしても手が動かない」

「それは……解る気がするかもしれません」

「評価されるというのはこんなにもつらいことなんだな。今更ながら、他人の気持ちが少し解った気がする」

気がつけば、ドラゴンズタワー四谷のすぐ近くまで来ていた。あと信号を二つ渡れば着く筈だ。

「そういう意味ではこの絵の作者のつらさも解るんだ。多分、この作者は裕福な家庭に生まれ育ち、とりあえず生活の心配はない状況で絵を描いているんだと思う。ある意味では理想的だが、結果が出ないと非常にマズいことになる」

千鶴は公子が何を言わんとしているのか解った気がした。

「失敗を自分以外のせいにできないからですか？」

「まさにそうだ。だから絵に『助けて』というメッセージを書いて、それを捨てた気持ちも理解できる……おっと到着だ」

千鶴はドラゴンズタワー四谷に来たことはなかったが、一目見て、いつも遠くに見えていた高い建物の一つだと解った。まさかこんな縁でやってくることになるとは。

「さて、手筈は解ってるな？」

「はい。だけど本当に上手くいきますか？」

「心配するな。私は管理人と鉢合わせしたくないから一度身を隠すが、対象が現れたらすぐに合流する」

「解りました」

千鶴はカバンから絵を取り出す。これを作者に返すのが、公子から託されたミッションだ。

「ところで管理人は絵を拾っても返さない方がいいと言っていた。その意味が解るか？」

「いいえ」

「そうか。まあ、すぐに解るさ」

だが公子はその答えを口にすることなく、ただ苦笑しながらその場を離れていった。

千鶴は絵を持ったまま、おそるおそる玄関に向かう。勿論、鍵なんて持っていない。だが千鶴はある番号を暗唱していた。

「３１０６、３１０６……」

高級マンションの玄関がオートロック式なのは部外者を入れないためだが、鍵がなくても玄関を開けさせる方法はある。住人に中から開けて貰うのだ。

千鶴は訪問者用モニターの前で数字が並んだキーを順にプッシュする。こうすることで訪問先の部屋との会話が可能になるのだ。つまり相手の名前も顔も知らなくても、３１０６という部屋番号さえ解れば充分というわけだ。

すぐには反応がなかったが、辛抱《しんぼう》強く待ってると、やがてスピーカーから若い女性の声が流れてきた。

『……どちら様ですか？』

声の調子から、あまり歓迎されていないのが解った。

「あの、少し前に絵を拾ったんですけど。あなたのものですよね？」

そう言って千鶴は絵をカメラに映るように広げる。

『……丸めてポストに入れておいて下さい』

一瞬舌打ちのような音が聞こえたのは、気のせいではないだろう。

「いえ、どうしても直接お渡ししたくて」

『ですから、ポストにお願いします。今、人と会えるような恰好してないんで』

「どうしても直接お渡ししたいんです。それが無理なら絵は持って帰ります」

千鶴がそう言うとしばらく沈黙があった。

『……そこで待ってて』

それからたっぷり五分以上は待たされた。二人ほど外へ出ていく住人を見送った後、ようやく若い女性が出てきた。Tシャツ短パンにひっつめ髪、化粧気はなく黒縁眼鏡《めがね》の奥の眼は充血していた。絶えず周囲をキョロキョロと窺いながら歩き、千鶴の前で立ち止まった際も爪先でトントンと地面を蹴り続けている。

「あなたが？」

対面するとなんとも言えない凄味《すごみ》がある。もしかすると、絵に必要のないものをそぎ落としていった結果かもしれない。

「わたしは暮志田千鶴といいます。彼女は友人の三方さんです」

「……阿久津智恵《あくつちえ》」

智恵は声もテンションも低かった。寝起きなのか血圧が低い体質なのか……いずれにせよ、コミュニケーションを取るにはこちらからの強い働きかけが必要な相手という印象を受けた。

「それで、この絵は阿久津さんのですか？」

千鶴が見せると、智恵は渋い表情で肯いた。

「ああ、間違いないよ。大雨が降った日の夕方、久しぶりに雲が下がってたから描いてみたんだ」

そう言うと智恵は右手を伸ばして、絵を寄越《よこ》すように催促してきた。こうなってはもう返し渋る理由もない。千鶴は絵をそっと手渡した。

「……ありがとね」

智恵はそう呟《つぶや》いたかと思うと次の瞬間、絵を真っ二つに引き裂いてしまった。

「な、何するんですか？」

「こんなできそこないの下手《へた》な絵、いらないから。もうすっかり忘れたつもりだったのにさ」

智恵は吐き捨てるようにそう言うと、絵の残骸《ざんがい》を地面に落とし、何度も踏みつける。怒り、憎しみ……人が負の感情を剝き出しにする様子を目の当《ま》たりにしたのは、初めてだ。

「そんなことありませんよ。わたしは上手いと感じました」

すると智恵が怒りの表情で睨んできた。鋭い眼光に射すくめられて千鶴は身体が動かなくなる。息をするのもつらいぐらいだ。

「素人に何が解るの？　こんな絵が描けるぐらいじゃ、全然駄目なんだから！」

千鶴は自分が火に油を注いでしまったことが解った。当たり障りのない言葉ですら彼女には刺さるのだ。逆に言えばそれだけ智恵の精神が不安定ということだろう。そうでなければ、『助けて』なんてメッセージを書いたりはしない。

「ちょっとよろしいですか？」

千鶴が動揺しながら言葉を探していると、公子が間に入ってくれた。ここは任せて欲しいと、公子が背中で語っているのが解った。

「阿久津さんは絵画を見て、『これは良い』と感動した経験はありますか？」

「……当たり前でしょ。じゃなかったら絵なんて描いてない」

「だったら絵画の知識なんてない素人でも、良さぐらいは解るということになりませんか？」

公子の質問で智恵が一瞬言葉に詰まったのが解った。だが、すぐにまた怒りを取り戻して反論する。

「こっちはその良さが見つからないから苦労してるの！」

「しかしお見受けした限りでは、技術は確かなような気がしますが」

「だから技術しか褒められないいんだって。それで大学落とされた私の気持ちが解る？　悪くないイコール良いじゃないんだよ！」

千鶴はヒステリックに叫ぶ智恵の腕に、引《ひ》き攣《つ》れのような痕跡があることに気がついた。それは単に腕を強く掻きむしり続けた結果なのか、リストカットの跡なのか……確認するのが怖くて、思わず眼を逸らしてしまう。

千鶴は絶望的な気持ちになる。これ以上、何を話しても無駄ではないのか。

しかし公子は智恵から目を逸らさずに、また語りかける。

「阿久津さん、私は少し前から小説を書き始めました。昔から本は読んでましたけど、ようやく自分で筆を執《と》る気になったんです」

「……頭良さそうだもんね。私、勉強は全然だし、他の芸術も結局向いてなかった……」

智恵は卑屈《ひくつ》な表情でそう言う。

「書き始めただけで、書けたとは言ってません。現に最近はパソコンの画面を眺めて終わる日日が続いてます。何も出てこないんです」

「ああ、少し解るよ。何も湧いてこないんだ。仕方ないから風景を描いてる。それで吐きそうなぐらい気持ち悪くなって……つい外に捨てちゃうんだ」

そう言って智恵は少し笑ったが、千鶴と目が合うとすぐに顔をそむける。知り合ったばかりの年下の少女たちに悩みを打ち明けてしまってバツの悪さを覚えたのかもしれない。

智恵は拾い上げた絵の残骸を一つにまとめて捻《ひね》り始めた。おそらく帰り支度《じたく》の前兆だ。このままだと後味の悪い幕切れを迎えてしまう。

だが公子もそれを察したのか、智恵にこんな言葉をかける。

「だけど、ここのところ悩み続けたお陰で、それを解決する糸口が見つかった気がします。創作の本質が少し見えたというか」

智恵は一瞬踵《きびす》を返しかけて、すぐに戻した。一瞬迷ったようだが、まだ残ることにしたらしい。

「へえ……よかったら聞かせてよ」

千鶴は公子のテクニックに感心した。自分の悩みを解消できる手がかりが公子の話の中にあるかもしれないと思わせれば、智恵は公子を無視することができなくなるわけだ。

公子は咳払いを一つ挟むと、智恵の瞳を真っ直ぐ見つめながら話し始めた。

「私は創作というものは、感動や体験の結晶化だと思ってます。自分の記憶や思い出をレシピにして、自分なりに感動を追体験できるような味つけをして、作品という料理にして人に提供するような……その料理が人によっては、文章だったり絵だったりするだけの話です。

特に創作をした者なら誰でも憧れの一作というものがある筈です。最初は、それを再現するところから始めればいいのではないでしょうか」

「私だって好きな絵はあるよ。だけど、いくら再現しようとしても簡単には真似しきれないんだよ！　悔しいからタッチや色合いを真似できるまで描き続けたら、今度はオリジナリティがないって言われて……本当にどうしようもないんだよ」

「それはある意味で当然です。作品本位で再現を試みたところで、それはただの模倣に過ぎません」

智恵の表情が曇る。痛いところを突かれたのかもしれない。

「だったら、どうしろってのよ！」

「だからこそ……あくまで感動や体験を再現するべきなんですよ。拘《こだわ》るべきは内容や描き方ではなくて、かつての真《ま》っ新《さら》な自分に見せて同じ感動を呼び起こせるかどうかだと思うんです」

それはつまり、絵だったら単に元絵のタッチや色合いを真似るのではなく、元絵を初めて見た際の自身の感動が見た者の心に湧き起こるように注力するべきということか。

「だけど、そんなことができたら魔法使いか錬金術師だよ」

「そう。だから私は優《すぐ》れた創作者は魔法使いか錬金術師だと思ってます。

自分がこれまでに出合ってきた強烈な体験や甘美な感動を心から取り出して、自分以外の誰が触れても追体験できるように再現する……それも創作の一つの本質ではないかと。ただ、そういう意味では私は創作者として至らないところだらけです。体験や感動のストックも、それを再現する技術もまだまだ足りてません。だから今はストックを増やしていこうと思ってます。ないものは再現もできませんから」

「体験や感動の再現？　馬鹿にしないでよ。私がアンタたちより何年長く生きてると思ってんの？　そんなのいくらでも……」

そこまで口にして、智恵は何かに思い当たったような表情になる。

「あれ……私、絵を描いてたことしか思い出せない……確かに……」

智恵は俯《うつむ》いてぶつぶつと何事か呟いていたが、ほどなくして顔を上げると気まずそうな表情で笑った。

「なんでこんな簡単なことに気がつかなかったかな。いくら技術を磨いても、再現できる感動のストックがなかったら仕方ないもんね」

既に難所は越えたと思った。だから今なら自分の言葉も届く……そう思った千鶴は智恵を慰《なぐさ》めることにした。

「だったら、たまには筆を置いて別のことをしたらいいんじゃないでしょうか」

しかしその途端、智恵は表情を引き攣らせた。

「どうかしましたか？」

「……あのさ、絵ばっかり描いてたら友達もいなくなっちゃったんだ。好きな人もいないし……何から手をつけたらいいものか。お小遣いはあるんだけどね……ハハ」

どうやら藪蛇《やぶへび》だったようだ。智恵とはとことん相性が悪いらしい。

智恵の乾いた笑いにどう返していいのか迷っていたら、公子が何かを差し出した。

「よかったらどうぞ。余ってるので」

千鶴は驚いた。公子が差し出したのはトライアル5コースのチケットだったからだ。

「これは？」

「差し上げます。私はこれで感動のストックが増えました」

しかし智恵はチケットをまだ受け取らない。ややあって受け取ろうとしたかと思うと、また手を引っ込めて頭を掻く。

「私なんかが、知らない人たちと上手くやれるかな。絵を描くしか能がないんだ」

「講師の方は皆さん優しいから大丈夫ですよ。それに、一緒に講座を受けた人間同士で仲が良くなることもありますし」

そう言って公子は千鶴に視線をやる。智恵はしばらく躊躇《ためら》った後、ようやくチケットを受け取った。そして照れ臭そうに笑う。

「いい体験になるかな」

智恵の問いかけに公子は少し悩んでいた様子だったが、やがて見たことのないような良い笑顔でこう答えた。

「運が良ければ、一生忘れられないような体験になると思いますよ」

＊

「今回の件で気がついたことがあるんだ」

智恵と別れた後、二人は四ツ谷駅を目指していた。日差しはだいぶ弱ってきて、わざわざ日陰を選んで歩かなくても良いぐらいにはなっている。

「何でしょうか?」

「人は自身の美点や美徳について、案外自分では気がつくことができない。だけど誰かが一言指摘してやるだけで、気がつき……救われることもあるんだな」

今日のことで智恵が画家としてぶち当たっている壁を、越えられるかどうかは解らない。だが、彼女が欲しかったのは希望だ。元々、技術は確かなのだから、あとは体験や感動次第と思えるようになれば精神状態も安定するかもしれない。

「そういえばチケット、あげちゃって良かったんですか？」

「ああ。お前たちと同様、有意義に使わせて貰ったと思ってる。実はさっき阿久津さんと話していてな、ちゃんと書くべきものがあったことに気がついたんだ。だからあれはそのお礼だ」

「お礼？」

「先日の奥石先生との一件は私にとって忘れられない体験になり、私はここのところずっとそれに引っ張られてきたんだが……私はまず、あの経験をどうにかして再現するべきだったんだと解った。無論、ただの日記ではなく、ちゃんと自分の小説としてな。きっとそう上手くいかないとは思うが、それでも再現の練習は必要だ」

満足気にそう語る公子の表情を見て、千鶴の胸は焦げつきそうになった。講座をきっかけに公子は求めていた何かを摑んだのだ。ただ母親に言われるがままにこのセンターに足を踏み入れた自分とは違って……。

歩くにつれ周囲は馴染みのある景色になり、やがてカルチャーセンターが視界に入った。

もうチケットは使い果たしたけれど、これからどうしようか。三方さんみたいに何かに申し込む？　それにしたって何を？

そんなことを思案していたら、公子が千鶴の肩を叩いてこう訊ねる。

「ところで暮志田。阿久津さんに向けた言葉、どうだった？」

「よかったです。何より、同じ創作者同士だから阿久津さんの心にも届いたんだと思います。

私なんて阿久津さんと全然上手く話せませんでしたし……」

千鶴が素直にそう言うと、公子は笑った。一瞬、馬鹿にされたのかと思って心が痛んだが、すぐに公子の真面目な表情からそれが勘違いだと悟った。

「あれはな。この間、お前が書いた課題の小説を参考にしたんだ。お前に奥石先生の心を動かした答えを書かれたことがずっと悔しかったんだが……お陰で再現が上手くできたようだな」

公子は少し早口にそう言うと「じゃあな。電車がもう来るから」と続けて、地下鉄入り口を駆け下りていってしまった。

千鶴はどんな未来を描くかどころか、その描き方すらまだ解らない。けれど、もうそれを描き始めている公子に褒められたことで不思議な自信が湧いてきた。

わたしも三方さんのように何かを摑めるだろうか。そりゃ、自分の未来なんていきなりは描けないけど……でも、描こうとしなければ、きっと永遠に描けないままだ。

千鶴は踵を返すと、四谷文化センターのビルへ向けて歩き出した。〝憧れの国〟でひとまず色々な講座の案内を眺めて……自分の未来をスケッチしてみるために。

あとがき

中学生の頃、将来は作家になりたいと思っていました。

しかしまあ、作家がどうやって生計を立てているのかも知らずに志《こころざ》すのは、あまり真面目《まじめ》な願いとは言えません。今振り返ると、周囲の人間より本が好きだったから作家になりたいと思っただけで、運動神経のいい子がなんとなくスポーツ選手を夢見るのとさして変わらなかったような気がします。

作家業が厄介なのは、スポーツのように天性の瞬発力や常人離れした体格を要求されないことでしょうか。なので様々な壁にぶち当たった周囲のスポーツ少年たちが早々に夢を諦めて、第二の夢やリアルな将来をそれなりに真面目に考えている間も、私は呑気に夢を温めていたわけです。

なので高校の進路指導の時間もロクに話は聴かず、「あの有名な推理小説研究会に入れば作家への足がかりになる」という理由だけで志望大学を決めました。

お陰で中学高校大学とロクに自分の将来に向き合わないまま成人し、就職という現実が迫ってきた段になってようやく就活失敗という代償を支払わされました。四回生の初夏には、「社会人になるのがこんなに大変だなんて、どうして教えてくれなかったんだ!」という気持ちで一杯でしたが、どう考えても自業自得ですね。だってライバルたちはずっと前から自分の将来を真面目に考えていたわけですから。

そしてその時に、自分には大事な問題を悩み抜く能力が欠如しているということにも気がつきました。これもまた、将来を真面目に考えなかった弊害《へいがい》の一つですね。

まあ、幸運にもそれから色々あって作家にも会社員にもなれたのですが、振り返ってみると人生の要所要所で悩むべきことをちゃんと悩んでおけばこんなに苦労することもなかったのになと今更のように噛み締めております。まあ、悩みやストレスなんてできれば一生縁がないに越したことはありませんが、そうなるとは限りませんからね……。

さて、長い前置きになりましたが『日曜は憧れの国』の話に移りましょう。

ここまでの前フリでお察しだったかもしれませんが、本書のテーマは『若い頃の悩み』です。そしてコンセプトは女子中学生四人がカルチャーセンターで出合う事件を通して、自分の悩みや将来に向き合うというものですが……彼女たちには昔の私の代わり、そして若い読者の代わりに色んな事柄で悩んでもらうことにしました。勿論、読んだ方たちが彼女らの悩みと完全に合致する悩みを抱えているとは思いませんが、何かしらのヒントになれば幸いかなと。まあ、少なくとも昔の私と同じ轍《てつ》を踏まなければだいぶマシでしょう。

折角なので各話解説……というか、それにまつわる与太話《よたばなし》をしていきましょうか。今回は本編の前にあとがきを読む方にも配慮して、ネタばらしはなしで。

●レフトオーバーズ

カルチャーセンターと言えば料理教室というイメージがあったので、最初はこれでいこうと決めました。料理教室、憧れちゃいますね。何せ、私の料理には再現性がないので未だに味が安定しないんです。

そういえば私は大学入学による一人暮らしを機に自炊を始めたわけですが、ここ十数年で料理の腕が上ったという実感がまったくありません。まあ、その理由は明らかで……気が向いた時にしか包丁を握らないからです。自炊が日々の義務ならいかに美味《おい》しく、あるいはいかに手早く料理するかという工夫を無意識の内にでも模索すると思いますが、私はすぐ外食に逃げる方だったので。

でもいいんです。私はミステリ作家ですから……同じネタを扱って作品を書いても毎回読み味が変わるなんて最高だと思いませんか?

はい、上手くまとまりましたね(まとまってない)。

●一歩千金二歩厳禁

将棋講座ですね。

小学五年生の頃、学校の部活動で将棋部を選んだことがあります。とはいっても部員同士をただ延々と戦わせるだけのもので、別に強くなるための指導とかはなかったです。なまじ将棋が好きだっただけに、負けるのが悔しくて以降将棋を指すことはなくなりました。お陰で今でも、面白いゲームを薦められても負けるのが悔しいから手を出さないみたいなところがあります。そんな私が勝てるまで何とか頑張れたのが小説でしたね。将棋やめて本当によかった！

話が脱線しました。この話は何となく変化を持たせる意味で倒叙形式にしましたが、結果的に犯人と探偵の攻防が将棋の対局っぽくなって良かったと思います（え、なってませんか？）。

●維新伝心

テーマは日本史（というか幕末）です。別に日本史マニアではありませんが、たまたま幕末について調べていた時に思いつきました。あの時代の人々のあれこれを知れば知るほど、普通の人間に想像できる未来なんてほんの少し先のことに過ぎないのだなと思い知らされます。

まあ、神ならぬ身である我々には先の先、その先の先まで見通して何かをするということは不可能なので、その時その時正しいと思ったことをやっていくしかないんですよね。はい、やっていきましょう。

●幾度《いくたび》もリグレット

カルチャーセンターを舞台にしたお話を書くと決めた時から扱おうと思っていたのが小説講座です。

実際、私自身も中高生の頃に受講してみたいとは思いましたが、作家志望の夢は親にも言ってなかったのでついぞ機会がありませんでした(作家になった今となってはもう受講する理由がありませんし)。

とはいえ実際の講座の様子を聴くと、どうやらかなり大変そうです。一回や二回の受講で開眼するなんてことはまあなく、それこそ数クールかけてじっくりと上手くなっていくしかない感じだとか。多分、私が実際に受講していたら黙々と何年も通い続けていたか、すぐにやめていたかのどちらかですね。

というわけで、作中の小説講座はもうちょっと夢のある感じにはしています。

●いきなりは描《えが》けない

最後は特定の講座ではなく、カルチャーセンターに通っていた彼女たちの成長について描こうかなと思いまして。

なのでラスト一枚のチケットの使い方は敢えてバラバラにしました。本当は一講座一講座丁《てい》寧《ねい》に描こうかなとも思ったのですが、無駄に紙幅を取るだけかなと思い、カットしました。

この事件の謎があなったのは、カルチャーセンターの外でも事件を起こしてみたくなったせいです。オープンな世界での謎を解くために彼女たちはかなり自発的に動いてますが、それもまた成長ということで。

それでは最後に。彼女たちのお話が悩めるあなたの助けになれば幸いです。

〈初出一覧〉

「レフトオーバーズ」　〈ミステリーズ！〉vol. 69　二〇一五年二月
「一歩千金二歩厳禁」　〈ミステリーズ！〉vol. 70　二〇一五年四月
「維新伝心」　〈ミステリーズ！〉vol. 71　二〇一五年六月
「幾度もリグレット」　〈ミステリーズ！〉vol. 72　二〇一五年八月
「いきなりは描けない」　〈ミステリーズ！〉vol. 73　二〇一五年十月

検印
廃止

著者紹介　1983年奈良県生まれ。京都大学卒。2009年『丸太町ルヴォワール』を講談社BOXから刊行してデビューする。他の著書に『烏丸ルヴォワール』『クローバー・リーフをもう一杯　今宵、謎解きバー「三号館」へ』『シャーロック・ノート　学園裁判と密室の謎』『キングレオの冒険』などがある。

日曜は憧れの国

2016年5月20日　初版

著者　円《まど》　居《い》　挽《ばん》

発行所　(株)　東京創元社
代表者　長谷川晋一

162-0814/東京都新宿区新小川町1-5
電話　03·3268·8231-営業部
03·3268·8204-編集部
URL　http://www.tsogen.co.jp
振替　00160—9—1565
暁印刷・本間製本

乱丁・落丁本は，ご面倒ですが小社までご送付ください。送料小社負担にてお取替えいたします。

©円居挽　2016　Printed in Japan

ISBN978-4-488-46011-2　C0193

東京創元社のミステリ専門誌

ミステリーズ!

《隔月刊／偶数月12日刊行》
A5判並製(書籍扱い)

国内ミステリの精鋭、人気作品、
厳選した海外翻訳ミステリ…etc.
随時、話題作・注目作を掲載。
書評、評論、エッセイ、コミックなども充実!

定期購読のお申込みを随時受け付けております。詳しくは小社までお問い合わせくださるか、東京創元社ホームページのミステリーズ!のコーナー(http://www.tsogen.co.jp/mysteries/)をご覧ください。